Lo que no ves

Gloria Simón Avellaneda

Agradecimientos

A todo aquel que piensa, existe y cree que puede hacer del mundo un lugar mejor.

Gracias

Suele decirse que las apariencias engañan, que la realidad supera a la ficción, que nuestros ojos son capaces de engañarnos y que, en realidad, no somos más que un pequeño punto en el inmenso universo.

Ojalá se nos enseñase a estar preparados para los sinsabores de la vida, las decepciones, los engaños, la muerte. Ojalá se nos enseñase que, a veces, lo peor que nos puede suceder es conocer la verdad.

INTRODUCCIÓN

El murmullo sordo de la televisión retumbaba en las paredes de la grandiosa mansión. Nada más podía sentirse o escucharse, ni un grillo, ni el viento, ni una madera crujir. Solo podía percibirse la negra noche que les rodeaba y que parecía abrigarles con un manto cálido de paz. En aquel gran salón había tres personas, aunque, en realidad, era como si ninguna tuviera ya vida. Pareciera que el silencio y la oscuridad hubieran firmado un terrible pacto, el pacto de apagarse junto a ellos para no soltarlos más.

Sofía tenía la sensación de que, poco a poco, se quedaba sin aliento. Su respiración se ralentizaba, sus latidos se pausaban. No pudo evitar recordar el día en que compraron la casa. Sergio, su hijo pequeño, aún no había nacido y, por su parte, Noa apenas empezaba a caminar. *"Qué recuerdos tan bonitos me llevo de aquí"*, pensó en un frugal instante de feliz nostalgia. Refrescando no tan viejas memorias, aún podía ver a su marido paseando por la casa, podía volver a percibir su olor, su esencia volvía a invadir su cuerpo, como si se tratara de un analgésico natural que le ayudaba a mantener la calma en tan despiadado momento.

Ahora, 12 años después de aquel idílico momento en el que creía que su vida sería perfecta, ahí estaba, sentada sobre su sofá, reconociendo lo excesiva y ostentosa que había sido su vida. Mientras en su cabeza se esclarecía el concepto que tanto le había costado asimilar, el concepto de que lo único que no se puede comprar con dinero, es la verdad y, por lo tanto, de nada importa cuanto tengas si no eres conocedor de tu realidad.

Miraba a sus hijos, únicamente podía hacer eso, las palabras se habían quedado mudas y vacías. Y es que, en su interior, se libraba la más encarnizada de todas las batallas. Por desgracia, sabía bien que llorar, gritar o correr, no servirían de nada. Nada cambiaría lo que por naturaleza tenía que suceder.

Ni siquiera se había tomado la molestia de intentar huir, este planeta no era lo bastante grande para esconderse.

Inmóvil, presa del pánico, sucumbiendo a sus más primarios instintos naturales, ante la peor pesadilla que una madre puede tener, se limitó a hacer lo que estaba bien visto en alguien de su clase: esperar. Sofía intentaba conservar la calma para no preocupar a los niños. Una pregunta se repetía incansablemente en su mente, ¿Qué habría pasado si su marido no le hubiese contado nada? ¿Cómo habría sido entonces su vida? ¿Sus hijos habrían sido felices? ¿Habrían formado su propia familia, quizá?

Siempre había pensado que Noa tenía demasiado carácter como para vivir en pareja. Ya desde pequeña dejaba entrever su lado más salvaje, su curiosidad por el mundo y sus ganas de viajar. Pero, en realidad, ya nada de eso importaba.

En aquel apesadumbrado silencio, solo roto por el tic—tac del reloj, Sofía se preguntaba si su marido, en algún momento, la culpó a ella. Cuando las dudas la embargaban trataba de convencerse a sí misma de que no, él nunca pensó de aquella forma, de hecho, nunca le expresó nada remotamente parecido. Confiaba en que, si la había hecho partícipe de tan terrible verdad, era por sus propias ganas de cambio, era porque ni él, nacido para pertenecer y servir a aquel lugar, podía permanecer impasible ante tan horrible evidencia.

De pronto, la puerta empezó a abrirse y, aunque ya estaba prevenida y esperaba la sombría visita, no pudo evitar sobresaltarse. Entraron con calma, con la tranquilidad que tiene quien sabe que hace lo correcto. Bajo la tenue luz del televisor encendido, se empezaron a vislumbrar las cuatro figuras. Venían debidamente uniformados, tal y como requería la ocasión.

Sergio se levantó corriendo a saludar a quien hasta ahora había llamado padrino, pero que, a partir de hoy, no sería más que su asesino.

CAPÍTULO 1: Educación

Recorre los pasillos de la universidad con paso acelerado y rítmico. Lleva, como siempre y, ante todo, el pelo perfectamente acomodado. No hay un solo tirabuzón que no esté situado en el punto justo, cada mechón es colocado de forma meditada, de lo contrario, sería una catástrofe para su imagen. Es muy consciente de que la línea que separa el aspecto relajado y el descuidado, refiriéndose a su pelo, es muy fina. Melena hasta la altura de las orejas color claro y rizada que, por más que se empeñe la gente en reiterarlo, no es sinónimo de alborotada. Como todo, los bucles llevan su trabajo. Cuántas veces ha terminado tremendamente irritado intentando que alguien comprendiera algo tan sumamente sencillo y evidente como eso. ¿Acaso hay que explicar la diferencia entre un rubio y un moreno? En fin, con lo peculiar que es la gente eso es lo de menos. De hecho, solo hay que alzar la vista y mirar al frente para comprobarlo. Un nuevo día y todo sigue como siempre. Todos corren de un lado para otro. Malas caras, empujones y un sinfín de actos mecanizados que se han convertido en un ridículo ritual de convivencia nefasta.

Y, sin poder evitarlo, todas las mañanas le surge la misma pregunta: ¿Por qué se organizan tan mal? *"Ya son ganas de ir estresado"*, piensa poniendo los ojos en blanco. La agobiante realidad que le envuelve corrobora su teoría de que, ser perezoso y ser ignorante, viene a ser lo mismo. El perezoso tira su tiempo y el ignorante no sabe qué hacer con él, así que la conclusión es la misma, ambos terminan derrochando su vida y lanzando sus horas más preciadas a la basura.

La diferencia entre vivir tranquilo o ir corriendo, desayunar mal o deleitarse con la mejor comida del día, ponerse lo primero que coges e ir por la vida sin apreciar por dónde vas, está en treinta minutos. Treinta míseros minutos que crees ganarle al día. Treinta minutos que no te sirven de descanso, que no te darán más energía.

Mil ochocientos segundos de soberana pereza en los que te arrastras por la cama como consecuencia de no haber gestionado bien tu tiempo el día anterior. Y lo más evidente de todo ello es que hoy tampoco lo harás bien.

Víctor ya no concibe su vida sin su paseo matutino por la playa. No hay nada como ver a su perrita jugando con la arena. Olfatea y olfatea hasta que estornuda y, entonces, como impulsada por aquella reacción incontrolable, corre más rápido con unas ganas locas de jugar. Cuánto tenemos que aprender de los perros.

Entre los temas que abarcó en su primer libro se encontraba precisamente la importancia de la buena disposición del día. Explicaba lo mucho que se simplifica la vida cuando te organizas en capítulos, disfrutando cada uno como si después no viniera otro. La clave radica en centrarse en hacer lo que toca en el capítulo correspondiente, poniendo el cien por cien de nuestra capacidad en él, tanto a nivel emocional como en la esfera cognitiva. De hecho, cualquiera a quien le preguntes te dirá que carece de sentido leer un libro de atrás hacia delante y, sin embargo, es precisamente lo que hacemos con nuestras vidas. Vivimos pensando en cuanto haremos sin ser conscientes de que hemos vivido siendo nada.

Para Víctor, su capítulo favorito era este en el que su perrita jugaba entusiasmada con un simple estornudo. *"Qué bonita es la vida…"*

Cuando está a punto de llegar al aula sabe bien que, el capítulo de hoy será difícil. Solo tiene ganas de suspender a todo el mundo y dar el curso por terminado. Lástima que hacer eso no esté bien visto. Y es que, mientras piensa en los cientos de motivos por los que suspendería a todos los alumnos, la pregunta de siempre vuelve a asaltarle: ¿Cómo es posible que estén interesados en estudiar filosofía si no saben ni quieren pensar? Si la raíz misma de esta palabra la define, amor por el saber.

Se supone que somos la especie dominante. La teoría dice que ha habido una selección natural a lo largo de nuestra historia. Si es así, ¿Cómo ha sobrevivido la estirpe de sus estudiantes en el tiempo hasta llegar a su clase? Se trata de un misterio digno de investigación. Con semejantes cávalas, recorriendo los últimos metros de pasillo, no puede evitar reírse en soledad. Aquellas ideas silenciosas le mejoran el ánimo por su retorcida ironía. *"Utilizando a mis alumnos como ejemplo podría desmontar la teoría de la evolución de Darwin"*, piensa mirando de refilón a uno de ellos, que corre sujetándose los pantalones caídos en dirección a clase.

Respira profundo y le roba al aire toda la calma que puede para encontrarse con la esperada estampa. Sería incluso capaz de donar parte de su sueldo por entrar y encontrar al alumnado hablando, pero como era de esperar, no es así. Están como cada día, exhortados, totalmente absorbidos por el aparato electrónico que les es más cómodo manipular en esa situación. Víctor trata de templar su enfado, *"A esto sí han sabido adaptarse..."* Resopla de forma contenida.

¿Pero qué otra opinión ha de tener? Ha pasado los tres últimos días corrigiendo el trabajo que les mandó realizar acerca de la felicidad y el resultado ha sido realmente lamentable. Se sitúa frente al escritorio y coloca la pila de folios junto a su maletín, a la vista de todos. Da comienzo la clase mientras intenta no expresar su opinión con excesiva dureza, ya ha tenido problemas con anterioridad, al parecer, hablar con claridad y adecuación es inapropiado para el resto del mundo.

Haciendo un esfuerzo casi titánico, logra finalizar la clase tras una hora que transcurre con normalidad. Antes de que se levanten y vuelen lejos, Víctor se aventura a darles una segunda oportunidad, (aunque quizá solo está tratando de dársela a sí mismo). Se aclara la garganta y, en voz alta, comienza a recitar de memoria:

"Ser o no ser, esa es la cuestión;
si es más noble para el alma soportar
las flechas y pedradas de la áspera Fortuna
o armarse contra un mar de adversidades
y darles fin en el encuentro. Morir, dormir,
nada más. Y si durmiendo terminaran
las angustias y los mil ataques naturales,

herencia de la carne, sería una conclusión
seriamente deseable. Morir, dormir,
dormir, tal vez soñar. Sí, ese es el estorbo;
pues qué podríamos soñar en nuestro sueño
eterno
ya libres del agobio terrenal,
es una consideración que frena el juicio
y da tan larga vida a la desgracia."

No os vanagloriéis, todo el mundo sabe
quien escribió esto. – les dice sin dejar de
mostrar una amplia sonrisa. — Lo que os pido hoy, y por favor, pensad bien que tenéis la
oportunidad de realizar un buen trabajo.
¿Morir o dormir? Damos por terminada la
clase, chicos.

Ni siquiera sabía cómo había llegado hasta allí, pero ahí estaba de nuevo frente al espejo del baño haciendo muecas imposibles con la cara. Primero simulaba una risa, contraía el rostro, fruncía el ceño... Estaba analizando cada arruga nueva, los daños del tiempo en la elastina de su cutis eran más latentes que otros días. Podía notar cómo su piel, el órgano más grande del cuerpo, caía poco a poco cediendo ante la fuerza de la gravedad, despegándose de su cuerpo. Incluso las bolsas de los ojos se habían incrementado notoriamente. Podía percibir con nitidez cada división celular, cómo se aceleraba su envejecimiento. Palpando aquellos desalmados surcos, trataba de recordar si había ingerido las vitaminas necesarias para ralentizar este inevitable suceso, quizá se había descuidado en los últimos días.

Pero, si era honesto consigo mismo, sabía que centrarse en las arrugas y el aspecto lo único que conseguía era no dejarle ver lo importante. Siempre le había pasado igual. Había dedicado mucho esfuerzo en conocerse a sí mismo y tuvo que asumir, muy a su pesar, lo que realmente estaba pasando. Aunque había hecho lo posible por soportar estoicamente los últimos acontecimientos, haciendo acopio de toda la lógica de la que siempre hace alarde, era evidente que su trastorno obsesivo compulsivo se había disparado. Sin lugar a duda, la muerte de Eduardo le estaba afectando.

De hecho, llevaba días barajando la opción de buscar ayuda psicológica, aunque es una religión que detesta soberanamente. Digerir el suicidio de su mentor no era nada fácil, mucho menos si, dicho maestro, era además su mejor amigo.

Y es que tampoco ayudaba mucho lo burda y poco empática que era la gente. Por norma general, se lanzan hacia cualquier hecho destripándolo como pirañas hambrientas que se alimentan de la sangre derramada silenciosamente por sus seres queridos. Es totalmente consciente de cómo cuchichean a su alrededor, es consciente del mutismo frío e incómodo que se genera cuando entra, llenando la sala de profesores de la más abismal nada.

Tienen suerte de que no crea válido perder su tiempo con ellos, de lo contrario, ya les habría expuesto los vacíos y carencias de sus vidas, esas que han de llenar con dolor ajeno para hacerlas soportables.

Pero, en el fondo, lo que le martirizaba era, como siempre, su cabeza. La lluvia de pensamientos que campan a sus anchas y le maltratan hasta que consigue ordenarlas. En conclusión, se sentía tremendamente egoísta. No sabía si se trataba de ira por no ser capaz de entender cómo alguien de tan alta estima para él había podido cometer un acto tan cobarde y carente de sentido. Tal vez fuera rabia por verse obligado a sentir tan tremendo dolor. Pero es que, aun pasadas unas semanas, no daba crédito. ¿Cómo podía ser que, quien le hizo apreciar lo sagrado del estoicismo, cometiera un acto tan contrario? Tenía que asumir que sus pilares se estaban tambaleando, y no podía sostenerlos más.

Con cierta nostalgia recordaba lo mal que iniciaron su relación. La primera vez que interactuaron fue en su primer año como estudiante. Víctor es capaz de viajar a aquella mañana con claridad. Aún era un loco idealista guiado por su dominante prepotencia, como quien se agarra a la cola de un tornado sabiendo que puede con todo y nada lo va a parar ni a superar. Él simplemente esperaba alimentar su ego y destacar por encima del resto. Pero aquel maestro de mirada intensa era la calma personificada, era el único capaz de darle un golpe de efecto a un muchacho con tanta ambición. Eduardo le tendió la mano como solo un gran sabio sabía hacer, humillándolo.

Víctor acababa de hacer una exposición que él mismo creía digna de galardón. Se sentó entre sus compañeros con la sonrisa satisfecha de

quien está convencido de su superioridad. Más que eso, Víctor pensaba que acababa de sorprender al maestro, quien probablemente estaría languideciendo aterrorizado ante un alumno tan brillante.

—Muy bien, gracias por su presentación. Por favor, pase por mi despacho al terminar la clase. —le dijo Eduardo con voz sobria.

—Buenas tardes, profesor. —saludó Víctor al tocar su puerta. Se le veía contento, sin duda esperaba una felicitación o una mención especial por parte del mentor.

—Quería comentar su trabajo de hoy…

—Por supuesto. —le interrumpió tomando asiento con gesto expectante.

—Si no lo repite, no se tome la molestia de volver a aparecer por mis clases. Ha hecho un trabajo mediocre. —sentenció con la voracidad de un tsunami.

— ¿Disculpe? —Víctor no daba crédito a lo que estaba escuchando. —Me sorprende su falta de cultura, esperaba más de su eminencia. Supongo que será como todos, con tal de no reconocer el éxito ajeno es capaz de hacer cualquier cosa, así usted seguirá sobresaliendo, no sería capaz de ver lo bueno, aunque se lo pintasen con purpurina.

— ¿Cree que habría sido bueno felicitar a Einstein por sumar 2 más 2? — preguntó Eduardo con absoluta parsimonia e impasibilidad. — ¿Cree que le haría un favor a su cabeza dejando que no vea más allá de usted mismo, con el potencial que parece que esconde? No es una alternativa, es una notificación. —concluyó invitándole a marcharse. —Si no trae algo del nivel que espero, significará que no es capaz de vencer a su vanidad, y que, aunque brillante, no es más que un necio. Sea cual sea la opción ganadora, solo la superación le hará poder volver a mi clase.

Después de tres semanas sin aparecer por la universidad, fue el propio maestro quien acudió a buscarle.

—Vaya, no esperaba verle aquí...—Víctor echó la vista atrás comprobando lo desordenada que estaba su habitación de la residencia, no estaba preparado para recibir visitas.

—Lamento la dureza de mis palabras, quizá me adelanté y no supe entender que aún no estaba preparado para el tipo de crecimiento que suponía esta primera lección.

Víctor se limitó a asentir y dejar que una pequeña punzada de vergüenza le carcomiese el estómago. No le reconoció, por supuesto, que lo que en realidad había estado haciendo durante el tiempo que no había ido a clase, era leer sus libros y tratados con el fin nada noble de auto convencerse de que aquel hombre estaba sobrevalorado y se equivocaba respecto a él. Sin embargo, aunque el objetivo inicial era lo contrario, terminó aceptando que estaba a años luz de la sabiduría de Eduardo. No le dijo que estaba rehaciendo su exposición con la esperanza de poder volver a su clase y que, desde entonces, nunca había admirado tanto a nadie.

"Que hombre más formidable", pensó cuando se despidieron hasta la próxima clase.

Con el tiempo, ambos recordarían aquel primer encuentro sin poder evitar las risas y las bromas. Qué grandes momentos vivieron a costa de esa anécdota.

Absorbido por aquel bucle de recuerdos, Víctor apartó los ojos del espejo para no verse llorar, nadie podía verlo, ni siquiera él. Llorar significaba la falta de aceptación, la falta de raciocinio. Se lavó la cara para que pareciese que se le había irritado por el agua y se dispuso a ir a desayunar.

— ¡Corre! ¡Sube el volumen! —No había llegado al comedor y ya se escuchaba el alboroto desde la otra punta del pasillo.

Era francamente extraño, lo normal es que sus compañeros estuvieran distraídos con sus respectivos teléfonos sin hablar entre ellos. Algo muy interesante deben estar anunciando, pensó sin hacer cambios en su ritmo, sin acelerar su velocidad. Poco podía estar pasando que fuese de su interés.

Al cruzar la puerta y mirar al televisor, sintió como si sus pies fuesen losas, se habían mimetizado con el suelo. No podía escuchar, hablar y mucho menos moverse. Sentía su corazón latir tan fuerte que le retumbaba en los oídos. Quería cerrar los ojos para no ver ni leer lo que tenía ante sí, pero no podía.

Sus compañeros, al verlo allí de pie, lejos de tener un gesto de humanidad y apagar el televisor, se quedaron mirándole, alimentándose de su agonía. Y es que disfrutar del dolor ajeno parecía un divertimento generalizado. Ya no les bastaba con cambiar de canales, el comedor al completo empezó a abrir todo tipo de redes para completar la información. Siguieron todo tipo de conjeturas.

—Estaban asociados a la mafia, seguro… —se escuchaba decir a uno. —No es normal el dinero que tenían.

—No, él no está muerto. Han hecho un desfalco y han huido al Caribe o algo así. —añadía otro con cierta sorna.

Víctor seguía ahí de pie, inmóvil, tratando de asimilar lo que la policía estaba anunciando.

Pasados dos meses del suicidio de Eduardo, su mujer Sofía y sus dos hijos habían desaparecido en extrañas circunstancias.

CAPÍTULO 3: Soledad

Pese a vivir en un mundo plagado de caos, aun siendo parte de un planeta superpoblado, sorprende lo increíblemente fácil que es sentirse solo. La soledad es tan habitual en nuestros días que, de hecho, las emociones de sentirse solo y perdido a la vez van tan de la mano que hace que sus diferencias sean llamativas.

Verse solo, carecer de compañía. Verse perdido, carecer de rumbo, de un destino al que llegar, una meta, una razón de ser.

Es fácil llegar a la conclusión de que nos sentimos solos y perdidos cuando nos hemos descuidado, cuando hemos delegado nuestro camino, nuestra razón de ser en una persona ajena. Quizá por ello, Víctor, hacía tiempo que únicamente encontraba compañía en su soledad. Toda su vida se había sentido la persona más solitaria del mundo, interpretando esto como una batalla que librar y no como el don que realmente era, ya que difícilmente quien no es capaz de sentir soledad podrá entender que la paz sólo se haya en la propia persona.

Paz, es necesario hincapié en esta palabra, pues solo ella trae la verdadera felicidad. Nadie puede hacerte feliz, nadie más que tú mismo y, por ende, nadie puede quitarte la felicidad. Si se tiene claro este concepto, las bases para crecer en una vida sana y fuerte serán sólidas y prometedoras.

Víctor repasaba estas ideas mientras trataba de restaurar su paz. Se sabía los conceptos de felicidad, sosiego y soledad desde hacía años, los había aprendido y asimilado bien y, sin embargo, aquellos días poner cada uno en su lugar requería un esfuerzo extra. Sentado en el suelo de su comedor, sobre una sencilla alfombra y frente a una rosa recién cortada, meditaba en el más abrumador de los silencios. Alumbrado únicamente por una tenue luz, fijaba sus ojos verdes sobre aquella flor, rojo intenso, mientras, conforme repasaba cada pétalo, cada espina y cada matiz del color, vaciaba su mente de todo pensamiento. Era una técnica que le había costado mucho dominar, pero era sin lugar a duda una de las cosas en las que mejor había invertido su tiempo.

Ahora, después de tanta angustia, poco a poco su respiración parecía volver a armonizarse con el universo. Poco a poco podía sentirse parte de aquella rosa y de su geometría. Poco a poco se ordenaba, se volvía a llenar de energía, volvía a vivir donde tocaba, en el aquí y el ahora.

Ya despuntaba el sol, acompañado de los primeros rayos que, pausadamente, avanzaban a través de la ventana de Víctor para llegar hasta su rostro, haciéndole despertar con su brillo y su calor. Desde hacía varios años aquel era su despertador diario. La naturaleza dispuso, bien alto y grande, una magnífica forma de llamar a empezar el día. Al abrir los ojos, el primer pensamiento que le vino fue de sorpresa, no daba crédito a lo bien que había dormido aquella noche. Antes de irse a la cama, temió que la angustia provocada por los recientes acontecimientos le imposibilitara disfrutar de un sueño pleno y reparador. Pero no fue así. Sonrió complacido, alegre, satisfecho. Aunque, al poner un pie en el suelo y disponerse a arrancar con sus rutinas, no sabía que la felicidad le iba a durar muy poco, apenas un suspiro.

Se levantó, cogió la bata de su perchero, la anudó a su cintura, puso la mano sobre el pomo de la puerta, la abrió y dio un paso al frente. De pronto se quedó sin aire, los ojos le fallaban, su mente aún no había despertado. No podía creer la imagen que aparecía ante él. En un gesto rápido e inconsciente, cerró de golpe la puerta y retrocedió dando varias zancadas lentas hacia atrás, como si el mero hecho de hacerlo sigilosamente y con cautela, fuera a cambiar lo que le aguardaba fuera. Pero aquella acción no obtuvo resultados mágicos y, al regresar al pasillo, todo estaba igual. Primero un pie, luego otro, recorriendo unos pocos metros de lo que solía ser su perfecta y organizada casa. Sentía que sus pies no llegaban a tocar ni un centímetro de suelo, era imposible, no quedaba espacio que no estuviese cubierto de ropa, de papeles, fotos… Su casa estaba totalmente desordenada, alguien había invadido su intimidad.

Todos sus enseres estaban fuera de los cajones, nada en su sitio. Incluso los calcetines estaban revueltos y del revés. Se hizo hueco luchando por no tropezar hasta alcanzar las escaleras que conducían al piso inferior. Su mano derecha sujetaba fuertemente la barandilla, tanto, que al bajar el siguiente escalón le costaba despegarse de ella para seguir avanzando.

Se sentía como un pobre animal dirigiéndose directamente al matadero. El miedo lo mantenía tan tenso que los tendones no le respondían. Por el rabillo del ojo miraba a su perrita, era su prioridad, no podía pasarle nada. Aunque

22

ella, totalmente ajena a cuanto estaba sucediendo, parecía disfrutar con aquella situación.

Con el esfuerzo de quien parece haber corrido una maratón, llegó a la planta baja con el corazón a punto de salir del pecho. *"Menos mal que esta casa no es grande"*, pensó recorriendo despacio cada recoveco. Permaneció, por si acaso, con la espalda pegada a la pared, observando con atención todo alrededor, en alerta por si algo se movía. Por más desordenado que estuviera todo, allí no parecía haber nadie.

¿Qué estaba pasando? Era como si alguien hubiese separado su casa del suelo y la hubiese zarandeado con la ira que solo puede sentir aquel a quien le han robado lo más preciado. ¿Quién atacaría su propiedad de semejante forma?

Se sentó en el sofá totalmente desorientado, no sabía qué tenía que hacer ni pensar. ¿Debía llamar a la policía? ¿Qué les diría? ¿Cómo justificar que han arrasado tu casa mientras dormías? ¿Le creerían? ¿Era acaso posible? ¿Qué habrían estado buscando? Claramente no podía ser alguien que le conociese, pues sabría de sobra que no encontraría nada de valor. De hecho, su preocupación inicial era el allanamiento de morada en sí, no tuvo en ningún momento la necesidad de correr a ningún cajón, ala o escondite de la casa para asegurarse de que algo importante siguiera en su sitio.

Su perrita estaba bien, el resto, solo era la gran molestia de tener que ordenar todo, sobre todo su cabeza, y entender qué estaba pasando. No quería entrar en teorías conspiratorias como el resto del mundo, pero incluso para alguien tan escéptico como él, aquello le parecía demasiada casualidad.

Inmóvil en medio del salón, sin haber tenido tiempo de reponerse, le sobresaltó el sonido del timbre. Aquello sí que era insólito, lo que más le gustaba de su vivienda y lo que le hizo decidirse por mudarse allí, fue precisamente la comodidad que ofrece aquel complejo residencial. Sin portero automático y con el timbre a pie de calle en la zona interior, sin acceso para nadie más que los vecinos, difícilmente nadie podía molestarlo. Tampoco era muy dado a recibir visitas. Incluso entre su círculo más cercano eran pocos los que habían visto su casa.

Hierático, frío como el hielo, Víctor permaneció quieto comprobando que, quien fuera que esperase al otro lado de la puerta, no parecía tener la intención de marcharse sin realizar su propósito, pues el timbre zumbaba una y otra vez. Aunque aturdido, sintiendo que no tenía más alternativa que abrir, tiró con fuerza de la manecilla mientras la intriga y el temor luchaban por ser la emoción dominante.

Según abría la puerta, la luz iba avanzando como si fuese capaz de, por decisión propia, esquivar a la figura que se dejaba entrever ante su puerta. Finalmente, el brillo que ocupaba toda la estancia, haciendo más real el estado de su maltrecha casa, finalmente remitió y pudo hallarse frente a su visitante.

Aliviado, aunque en cierto modo un poco decepcionado, analizó discretamente a aquel hombre que había ante su puerta. Hombre por ser respetuoso, cualquiera de sus estudiantes era mayor que aquel chico. Por el uniforme era fácil deducir que pertenecía a alguna empresa de reparto. Llevaba con él un paquete no muy grande que parecía quemarle en las manos.

— ¿Víctor Torres? —preguntó con voz altiva asomándose raudo y veloz por la rendija entreabierta de la puerta. Estaba visiblemente molesto por la espera.

—Sí. —respondió sorprendido. Habría jurado que aquella entrega sería para algún vecino, dedicando su conclusión inicial a la idea de que el repartidor habría confundido la dirección.

Toda su correspondencia llegaba directamente a la universidad, precisamente evitaba dar su dirección porque rara vez estaba en casa y, cuando lo estaba, era para descansar. Sujetó el paquete casi en el aire. De no haber adivinado la acción del repartidor, seguro que habría terminado en el suelo, cayendo estrepitosamente.

Sin despedirse ni preocuparse por los malabares que hacía Víctor para sostener aquel paquete, mucho más pesado de lo que parecía, el joven repartidor se esfumó sobrado de prisa y escaso de educación.

Mientras observó cómo se alejaba, se apresuró a analizar lo que se encontraba entre sus manos. Se sentía como un niño expectante, un niño intrigado al recibir un juguete que, sin saber que existía, en el fondo ansiaba.

El precinto de la caja tapaba el nombre del remitente y, aunque no podía negar que su instinto ya le había preparado para aquella situación, no pudo evitar emocionarse al ver que bajo el precinto podía leerse:

"de Eduardo Segura Rivas".

Y al igual que aquel que entiende todo aquello para lo que ha sido preparado, él sabía que, en ese preciso instante, su vida cambiaría de forma irremediable.

Con un nudo oprimiéndole el estómago, se dispuso a abrirlo. El cúter, con la cuchilla nueva y afilada, en la mano derecha; el paquete, sobre sus rodillas y la respiración contenida.

Con cuidado, abriendo ala tras ala de las cuatro que conformaban la frágil caja, terminó por dejar al descubierto un papel. No le fue difícil saber de quién era, había visto esa caligrafía muchas veces, tantas, que pese a las circunstancias volvió a sentirse de nuevo arropado por aquel que había cubierto en su vida la falta de una figura paterna.

Y como si aún pudiese mantener una conversación con el escritor, como si pudiera escuchar su voz nítida, clara y viva, comenzó a leer:

"Víctor;
Antes de empezar, ante todo, debo pedirte disculpas. Aunque no sé si en realidad quiero hacerlo o es que debo. Cuántas veces habremos debatido sobre si es correcto tomar decisiones por los demás, aun cuando sabemos a ciencia cierta que es lo mejor para ellos, o si a pesar de todo, es más lógico dar total conocimiento de la causa y cederle el poder de la elección, dejando que cada cual sea consecuente consigo y

con sus actos. *Cuántas veces habremos criticado la cualidad del ser humano que, para no provocar dolor, termina irremediablemente provocando un mal mucho mayor.*

Víctor, me temo que este es el caso.

He intentado protegerte, a ti y a todos, pero ha sido inútil.

Ahora ya no hay remedio. No es que te haga partícipe, más bien estoy suplicando desesperadamente tu ayuda.

Como sabes, me pidieron que trabajara en unas traducciones, en textos que, en apariencia y según la información facilitada, no tenían más problema que el de estar incompletos. Pues aquí empezó el engaño, querido amigo, mi propio engaño.

Te mentiría si te dijese que tardé mucho tiempo en darme cuenta de lo que se me había encomendado. Mentiría si dijese que de nada tengo culpa, que me encuentro en este problema por ignorante. Ojalá pudiera decirte esto, sobre todo teniendo en cuenta lo que tengo que pedirte.

No eran traducciones con un fin cultural, es decir, sí tienen cierta relevancia histórica, pero el tesoro que prometen es lo que ha movido a quienes me amenazan, y a mí mismo, a no cesar en nuestra tarea. Pero como hombre de letras que soy, y superado por el reto, decidí rendirme y hacerme a un lado, fue en ese instante en el que comprendí que yo no era parte del equipo, que no estaba contratado, que no era más que una herramienta desechable y que no había sido la primera.

Desesperado, tomé la decisión de fingir mi muerte, esperando llevarme toda esta desventura conmigo, que eso sirviera para proteger a mi familia, pero, como habrás podido deducir a estas alturas, no ha sido así.

Te estarás preguntando cuál es tu papel en todo esto y creo que ya no puedo dar más rodeos. Has de continuar desde el punto en que yo lo dejé. No puedo deshacer mis actos, no puedo retomar su confianza ni continuar donde intenté abandonarlo. Solo he podido hacerles la falsa promesa de que tú terminarías por encontrar lo que tanto ansían, y a cambio, ellos han prometido perdonar a mi familia.

No tengo confianza en esto, pero tampoco tengo alternativa. No hay instrucciones que seguir, no hay más norma que la de no divulgar esta información, no por ellos, sino porque todo aquel al que hagas partícipe dejará de ser un mero espectador y, su suerte, será responsabilidad tuya.

Siento de corazón ponerte en esta tesitura, pero no lograrás hacerlo solo, te lo aseguro. Sé que lo que te pido es mucho y, sin embargo, deberás servirte de toda la ayuda posible. Debo rogarte que hagas lo que yo no quise hacer y ahora te encomiendo. Estuve tentado en acudir a Teresa, como experta en civilizaciones anti-

guas es posiblemente la ayuda más acertada, pero es tu decisión, al igual que lo es abrir el resto del paquete y continuar con lo que puede que, pese a tus esfuerzos, ya esté condenado a ser el final de una insalvable historia.

No puedo decir más. Confío en que tomarás la decisión acertada.

Eduardo."

Sin dudarlo ni una décima de segundo más, Víctor procedió a abrir el bulto que contenía la caja. Al levantar la tapa y mover el papel que lo cubría, descubrió una estatuilla egipcia. Hasta donde él llegaba a conocer, era la representación de alguna reina del antiguo Egipto y, por su aspecto, parecía ser antigua.

—Mierda. —se susurró a sí mismo. —Eduardo tiene razón, tendré que trabajar con Teresa.

Y es que era bien sabido por todos que no eran muy afines y, aunque era capaz de reconocer que ella era la mejor en su campo, lo único que tenían en común es que ambos rozaban la cuarentena. Aparte de eso, Víctor pensaba que era una mujer de lo más peculiar, y no necesariamente en el sentido positivo.

—En fin, es de necios disgustarse por todo aquello que ha de suceder de forma irremediable. No parece que tenga demasiadas alternativas. —

Murmuró dejando escapar un suspiro   resignado mientras dejaba caer la cabeza entre sus manos.

CAPÍTULO 5: Enemistad

Y como no podía ser de otra manera, obteniendo el mismo resultado que un pescador que ha cebado el agua esperando un tiburón, allí estaba Teresa. Solo habían pasado dos horas desde que la llamó, claramente había conseguido despertar en su naturaleza femenina una gran curiosidad. Apenas le había dado información, solo un mínimo adelanto para hacer florecer la intriga. Cierto era que Teresa no era santo de su devoción, pero, aun así, no le deseaba ningún mal y quería protegerla de todo riesgo innecesario. Aportarle más detalles sobre la historia solo la habría perjudicado.

Mientras se acercaba a la entrada del edificio para abrir la puerta y dejarla pasar, podía ver por debajo de esta cómo sus pasos nerviosos se movían de un lado para otro del pasillo, como si intentara acelerar el tiempo y así acortar la espera. Pensó que no sería prudente hacerla esperar mucho, ya que si alguien era capaz de inventar los viajes en el tiempo esa era la impaciencia de Teresa.

Sonrió para sí mismo. Qué gran catástrofe para el mundo si esta mujer alcanzara semejante poder. Entrecerró los ojos para coger fuerzas, tomó una gran bocanada de aire y se animó a abrir la puerta. Fue un gesto que llevó a cabo con naturalidad, como lo haría cualquier persona en una circunstancia normal. La diferencia era que Víctor sabía de sobra lo que pasaba después, iba a ser arrollado por una fuerza de la naturaleza. Eso era Teresa, una indomable fuerza de la naturaleza, o quizá, para ser más exactos, todas las fuerzas juntas y, al mismo tiempo, en plena lucha unas contra otras. ¿Suena caótico e intenso? Exacto.

De hecho, Teresa es la encarnación humana de un día de pleno y radiante sol en el que te sorprendes al notar unas repentinas gotas de lluvia sobre tu cara. Inexplicable.

—Buenos días, Teresa. —saludó Víctor con gran cordialidad.

—Me tienes harto intrigada, ¿Lo sabías? — le lanza una mirada de ira contenida—. Mira que te gusta hacerte el misterioso… —pasó por delante de forma decidida, aunque, como siempre, no tenía muy claro el destino hacia el que desplazarse—. Por cierto, ¿Cuándo piensas modernizarte? Lo normal en este siglo habría sido que me pasases tu ubicación por WhatsApp, no que me des referencias de localizaciones y nombres de carretera. —se quejó arrugando la nariz. —He supuesto que aun llevas tu viejo teléfono, ¿Estoy equivocada?

—No, como de costumbre, no te equivocas. —Reconoce Víctor sacando su antiguo Nokia del bolsillo. —Utilizar esto es mi gran concesión ante el mundo al que llamáis "moderno". Hasta que me jubile, eso sí, entonces lo donaré a algún museo.

— ¡Te pagaran muchísimo! —exclamó ella bromista. —Y hablando de lo que realmente nos reúne… Es un bonito lugar y todo eso, pero supongo que no me has hecho venir hasta aquí para enseñarme las zonas ajardinadas del recinto ¿No?

—Eres francamente irritante, Teresa. Aún no hemos llegado a casa y has sido incapaz de permanecer en silencio, veo que la verborrea sigue siendo tu mayor virtud. Confío en que comprendas que no es un cumplido… —atacó Víctor haciendo acopio de todo el sarcasmo que le era posible. Espera, ten un mínimo de paciencia, si es que conoces el significado de esa palabra, y ahora te lo explicaré.

— ¡Ostras! — gritó ella al ver el interior de la casa. —Te tenía por más ordenado, se me acaba de caer un mito al suelo. Si querías transmitirme que esto no era una cita hay más modos ¿No crees?

—Y sigues sin poder callarte ¿Verdad? Madre mía la que me espera...—resopló pasando una mano por su cabeza—. Que conste que no es por excusarme, pero soy más ordenado de lo que puede parecerte hoy. Cuando me he despertado me lo he encontrado así

—Me tienes que pasar el nombre de las pastillas que tomas para dormir, deben ser milagrosas.

— ¿Esa es la deducción que sacas de esto? —preguntó perdiendo la paciencia—. Teresa, céntrate por favor, no hagas bromas sobre el tema que estoy muy avergonzado. No entiendo qué ha podido pasar, no tomo ninguna medicación, por supuesto, y sin embargo ni el ruido que habrá provocado este caos ha conseguido despertarme.

—Ya, claro—. espetó ella. —Con los textos soporíferos que lees y escribes te basta, de hecho, he creado un espacio nuevo en la estantería de mi casa expresamente para tu última creación, lo he catalogado como sueño exprés. —se burló mientras se reía a carcajadas. —¡Víctor! —gritó de pronto en tono asustado.

— ¿Qué? – se giró en plena alerta y tensión, imaginándose cualquier cosa.

—Te han robado el televisor... Bua, yo me moriría. – bufó de manera teatral. Víctor suspiró resignado, llevaba cinco minutos con ella y ya se encontraba derrotado.

—Robarme el televisor sería más difícil que escalar la cima más alta haciendo el pino, porque nunca he tenido. Y precisamente eso es una de las cosas que te quería comentar. – dijo metiéndose un poco en el asunto. — De buscar algo, quien quiera que fuera el que entrara, tenía que ser algún documento que poseo, pero del que desconozco su valor y, al parecer es alto. O bien,

la otra opción es que se han adelantado a esto… — alargó la mano extendiendo en dirección a Teresa la carta recibida de Eduardo. — Para esto te he hecho venir, necesito tu ayuda.

—Debe ser realmente serio. — sonrió cogiendo la misiva algo contrariada. — Con lo listillo que te crees, realmente debe ser necesaria mi ayuda.

Teresa comenzó a leer. Conforme avanzaba, mientras masticaba cada palabra y releía las frases en busca de un sentido lógico, su gesto iba mutando hasta una expresión difícil de descifrar.

— ¡Sí! Dime qué es lo que hay en el bulto. Quiero formar parte. Acepto, ¿Hay que recitar algún juramento o algo así? – hablaba emocionada y de forma atropellada.

—Tómate esto en serio, por favor, estoy muy preocupado por Eduardo y su familia. Aquí empieza tu tarea. — dijo Víctor desenvolviendo la estatuilla y dándosela a Teresa. — Tengo la esperanza de que puedas decirme algo sobre ella.

—A ver, a ver… — murmuró analizando la figura con sumo cuidado e interés. — Muy bien. – Carraspeó poniéndose seria por vez primera. – Veamos, esta pieza está tallada en granito. Suponiendo que pertenezca al antiguo Egipto podemos considerarla una obra maestra para su época. Por el tocado de buitre y el cetro sejem no tengo ninguna duda de que se trata de Nefertari, es la única reina de Egipto a la que se le atribuyeron estas insignias, insignias con las cuales Ramsés II le confirió divinidad. Fue primera reina, bueno en realidad fue la segunda esposa de Ramsés II. Su tumba es la más hermosa del valle de las reinas. Se dice que tal era el amor del faraón por ella que hasta le escribió una poesía:

"*La única, la amada sin par.*
La más bella de todas, mírala…
Es semejante a la estrella fulgente,
Al comienzo de un año feliz.
Ella es resplandeciente de perfección…radiante su piel
Y encantadores sus ojos
Cuando miran.
Dulce es el habla de sus labios,
Sin decir palabra inútil.

Largo es su cuello y luminosos sus pechos,
Con una cabellera de auténtico lapislázuli."

Teresa tenía los ojos llenos de brillo. No había bromas, no había burlas. Cuando se adentraba en aquel mundo que tanto le fascinaba sacaba su yo más entregado, honesto y cercano.

Víctor, sabiendo de sobra aquellos versos, decidió arrancarse y terminar la poesía:

"Sus brazos superan el esplendor del oro,
Y sus dedos como cálices de loto.
Lánguidos son sus muslos
Y estrecho su talle. Sus piernas soportan su belleza,
Su grácil paso roza los suelos
y con sus movimientos captura mi corazón.
Oh, mi sabroso vino…mi dulce miel tu boca…
Tus palabras me deleitan
Tus labios…tus besos me enloquecen.
Ven, mi amada hermana."

—Si sabes quién es ¿Por qué me dejas hacer el tonto? – le regaña ella sintiéndose ligeramente vulnerable.

—Porque algo me dice que saber quién es no es lo más relevante en este momento. ¿Qué puedes decirme de esta estatuilla en concreto?

—Que es falsa—. afirmó Teresa con absoluta tranquilidad.

— ¿Cómo?

—Es falsa, Víctor—. Repitió como quien piensa que su interlocutor es sordo.

— ¿Cómo lo sabes? – especificó él.

— ¿Tienes una lupa?

—Por supuesto—. Víctor rebuscó raudo entre sus cosas desordenadas. Inmediatamente se la entregó.

—Mira aquí. Pone *made in China.* — dijo mientras no podía soportar el estallido de carcajadas que le impedía prácticamente seguir hablando. Pero como un niño aterrado ante una irremediable represalia de su padre, se puso seria y prosiguió aclarándose la voz. — Lo siento, sé que esto es serio, sé lo que significa Eduardo para ti. También lo es para mí ¿Sabes? Perdóname. Aunque muy bien lograda, es una réplica. – continuó dejándose de chanzas. — Lo sé porque precisamente gracias a mis contactos en el mundo de las antigüedades he tenido el placer de ver la auténtica. La original la subastó la casa *Christie's* de New York por dos millones, la tiene un amigo mío en su colección privada.

— ¿Este es el punto de partida? ¿Tienes algo más? – preguntó ansiosa.

—No, acabo de compartir contigo todo cuanto tenemos para empezar.

—Te he llamado porque, al igual que Eduardo, no sé por dónde seguir. – reconoció Víctor agradecido por la información, sabiendo que había sido un acierto llamarla.

—Si estás de acuerdo llamaré a Ricardo, el coleccionista de antigüedades que la compró en la subasta, intentaré que nos deje ver la original. – propuso. — Creo que es posible que, aunque sea una muy buena réplica, la original nos pueda aportar alguna pista para avanzar. Tenemos a nuestro favor la vanidad de Ricardo. No colecciona por placer, lo hace por el placer de lucir cuán poderoso es y cuánto es capaz de poseer. Pero, en realidad, es incapaz de distinguir un ladrillo de un mineral de cuarzo. – rebuscó en su teléfono el contacto de su amigo. — Si acepta enseñárnosla tendremos que ir a Madrid, ¿Te parece bien? Te pregunto por educación, pero si queremos verla estamos obligados. Además, por el camino te pondré al tanto sobre Nefertari, hay mucho poder y misterio en esa mujer de hace 3.000 años.

—No tengo objeción ninguna, sólo dime cuándo tenemos que salir para dejar a mi perrita con mi hermano. De no volver, quiero que la cuide él, sé que estará bien. Intenta llegar a un acuerdo y me informas de los nuevos movimientos. – se despidió dando por concluido el primer paso de una investigación cuyo final podía ser tan incierto como peligroso.

El teléfono de Víctor comenzó a sonar, tal y como esperaba, aunque antes de lo que imaginaba, era Teresa. Apenas pasaban tres horas desde que se fuera y la casa seguía patas arriba. Lamentablemente no sería capaz de deshacer tamaño desorden pues tenía que preparar un repentino viaje a Madrid. Se sorprendió al darse cuenta de que, aquella situación que debía compartir con Teresa, no le resultaba exageradamente incómoda. Tampoco le molestaba salir de la rutina habitual, cosa que hasta hacía poco era casi impensable. Algo en él estaba cambiando, aunque no lograba descifrar qué ni por qué.

Salió asiendo su maleta con fuerza cuando el rechinar de una bocina le sobresaltó. Giró la vista y ahí estaba ella, en el interior de un coche que, de estar cerca del mar y con la perspectiva adecuada, bien podría pasar por un barco.

— ¿Estás listo? —preguntó Teresa bajando ligeramente sus gafas de sol. – Puedes dejar el perro y la maleta en la parte de atrás.

—Perrita. —le corrigió Víctor, que notó en su habla un tono despectivo hacia su mejor amiga.

— ¿No había un coche más grande? No creo que

haga falta decirte que el planeta no debe estar muy satisfecho contigo.

— ¡Ni conmigo ni con nadie! Este mundo hace tiempo que está sentenciado. No creo que sea culpa del coche, hace dos años que lo tengo y entonces el polo sur ya parecía un cubito. – se justificó con vehemencia.

—Así nos va… — murmuró él.

— ¿Dónde vamos a dejar a la perrita? – preguntó recalcando con ironía la última palabra, dejando claro que había captado la indirecta de Víctor.

—A casa de mi hermano. Ya está avisado, ve dirección Tarragona y ahora te guío.

—Oye, solo por curiosidad… — Teresa carraspeó y se recolocó en su asiento, como quien se prepara para formular una pregunta incómoda. — Me ha sabido mal preguntarte en las ocasiones que hemos coincidido, pero como vamos a pasar bastante tiempo juntos… ¿No tienes padres?

— ¿A qué se debe esa conclusión? — Preguntó él con mucha tranquilidad.

—Nunca te he escuchado hablar de ellos, ni los he visto en ninguno de tus actos, sin embargo, a tu hermano mayor sí.

—Ciertamente, que ellos estuviesen allí sería difícil.

—Por… —Teresa dio el pie de la frase explicativa que estaba aguardando.

—Bueno, aquí entramos en un terreno de los que son mi especialidad, pero presumo que a ti te provocará jaqueca. ¿Qué es para ti un padre? —Víctor sonrió triunfante, sabiendo que, si ella quería indagar sobre su vida, tendría que pasar por el aro de sus reflexiones.

—¡Pues un padre!

—Intenta indagar en ti misma, razona. Sé que es complicado, cada vez lo es más, pero no respondas cosas que crees que son lo que ha de ser sin siquiera pararte a pensar. Argumentar es un buen modo de empezar esta práctica que para mí es vital. Yo creo que hay que distinguir y tener claro lo que es un progenitor y lo que es una figura paterna. Se entiende que un padre es quien se preocupa y tiene el deber moral de prepararte para el mundo. Partiendo de aquí, tengo progenitores claro, pero no padres.

—Ostras, ¿Has crecido en centros de acogida? Qué torpeza la mía, me siento fatal ahora mismo. —se enrojeció enseguida, ligeramente avergonzada por su indiscreción.

—Tranquila, no pasa nada. No crecí en centros de acogida, fue mucho peor. Lo hice con mis progenitores. No quiero que me veas como a una víctima, porque de hecho yo no me considero tal cosa. Mi padre y mi madre, como tú los llamas, eran dos personas muy desdichadas, analfabetos emocionales llevados al extremo. Pero tranquila, te voy a ilustrar lo mejor posible para que no visualices lo que voy a contarte percibiéndolos erróneamente como gente desgarbada y sin oficio, no caigas en el error de imaginar a dos personas de baja clase social, porque es todo lo contrario—. Víctor tomó aire para continuar con la narración de su vida. — Mi padre era licenciado en literatura y ejercía de profesor. Mi madre era ama de casa, de hecho, es lo único que sabía hacer bien. Nuestra vida era idílica: colegios de pago, ropa cara, una gran casa…Eso es lo que la sociedad nos dice que es la felicidad y quizá ahí esté justamente el problema, en que las personas están más preocupadas en hacer lo que se supone que han de hacer, que en luchar por ser quienes han de ser. A eso atribuyo yo mi nefasta infancia. Dos personas que no se soportaban llegaron al punto en que decidieron que, para que su vida siguiera siendo un éxito, visto desde la perspectiva social de la época claro, había llegado la hora de tener hijos. Y ahí llegué yo. No sabría decirte si en algún momento fueron cariñosos conmigo, pero lo que sí puedo decirte es que no recuerdo un día en el que yo no deseara no haber nacido. – el rostro de Teresa palidecía por momentos mientras intentaba concentrarse en la conducción y en el relato al mismo tiempo. — Recuerdo lo bonito que era todo. Cuando estábamos con la familia, con amigos…Pero duraba poco. Al entrar en el coche, al dejar de haber gente delante, al no tener necesidad de aparentar, todo cambiaba drásticamente. Mi padre dejaba de ser agradable y divertido y yo, de nuevo, dejaba de ser un niño. Recuerdo tener miedo de hablar, intentaba que no se notara ni mi presencia, pero nada importaba, después de años, al final terminé por aceptar que no era algo aleatorio, que yo había sido juzgado y declarado culpable, que la paliza iba impresa en la cabeza, en la ira del juez.

— ¿Te pegaba? ¿Llegaba a hacerte daño? ¿Y tu madre? — Preguntó alterada.

—A ella jamás la tocó, ni a mi hermano. Creo que como matrimonio tenían ese acuerdo silencioso. Ella hacía la vista gorda mientras no le faltara de nada. Mi hermano siempre fue su ojito derecho, o quizá es que no había ira suficiente para dos hijos. Así que solo quedábamos yo y todos los complejos que veía reflejados en mí. – Víctor miró por la ventana perdiendo los ojos en el infinito, volviendo momentáneamente a aquellos años que siempre intentaba olvidar. — Complejos por los yo estaba pagando penitencia. ¿Daño? Bueno, digamos que la unidad de medida que empleaba es difícil de cuantificar, golpear a un niño hasta que sientes que has logrado quebrarle el alma variaba según el día y según la edad. Pero para mí esto no fue lo peor. Es tremendamente perjudicial para una mente que se está desarrollando crecer sabiendo que eres idiota, molesto, irritante, tan imperfecto que llegas a preguntarte cómo eres capaz de saber respirar. Y, en consecuencia, con los años todo este pánico pasó a convertirse en irá, y la falta de autoestima mutó en prepotencia. Recibí la educación perfecta para perpetuar la herencia y ser un maltratador físico y emocional como mi padre. Así que, como podrás imaginar, luché como pude contra esto y, en cuanto tuve la oportunidad, salí de eso a lo que ellos llaman hogar y vosotros padres. Jamás he mirado atrás. — durante unos segundos reinó un silencio abrumador en el coche, hasta que Víctor quiso terminar de quitarle hierro al asunto. — Pero te reitero, no me considero una víctima, ni les culpo. A mi cada humillación me sirvió para leer, para querer entender cómo alguien puede actuar así. Llegó a intrigarme el acuerdo social que había entre esas paredes llamadas hogar, como al final el hábito hace que algo tan irracional se vuelva racional, buscar en esta civilización y en todas las pasadas las carencias de perspectiva, de inteligencia emocional y, sobre todo, mi propio crecimiento personal para jamás repetir esos patrones a los que inconscientemente estaba destinado. Ah, por cierto, es mi hermano menor. — cuando Víctor volvió la vista para darle nuevas indicaciones, se extrañó al ver vidriosos los ojos de Teresa. No la tenía por alguien con tanta empatía y aquel detalle le sorprendió gratamente. — Gira aquí y, en el segundo cruce, para en el lado derecho. Ya hemos llegado. – dejó que durante unos instantes Teresa se recompusiese. — Espero haber satisfecho tus dudas. — comentó con tono guasón en un intento por romper el frío hielo que se había creado en el ambiente, por estabilizar a una muy afectada Teresa.

—Sí—. Respondió en un susurro, casi tan mudo que, para pronunciarlo, pareciera que no exhalara aire, sino que necesitara inhalarlo.

Se quedó allí postrada, como pegada al asiento. Era innegable que Víctor era muy bueno en lo suyo, en hacer razonar, en hacer sentir de un modo que sólo se podía lograr con la ayuda de alguien como él. Mientras Víctor bajaba del coche ella no podía despegar la mirada, analizándole, comprendiéndole por primera vez.

— ¡Vamos Ariel! —gritó él dando un golpe sobre la chapa. Su perrita pelirroja bajó del coche y se puso al lado de su dueño como lo hace un niño al salir del colegio.

Qué perrita más risueña, con lo fea que es la pobre, pensó Teresa.

La puerta se abrió para dejar paso al hermano de Víctor, quien lo abrazó durante unos segundos para, después, volcar toda su atención en el animal.

— ¡Ariel! ¡A pasar unos días con el tito! Qué bien—. Le dijo como si acaso pudiera entenderle.

—No me la mimes mucho que luego no me querrá. — dijo Víctor entre risas. Le traspasó una saca y, mientras lo hacía, Teresa podía escuchar toda la conversación desde el coche. — La camita, esta es su favorita. Sé que se sentirá extraña fuera de casa, así que con esto algo arreglaremos. El pienso nutritivo y sus chuches, las chuches con moderación, por favor. Y por supuesto, su trajecito por si refresca.

Su hermano, que ya lo conocía y sabía lo que esa perrita era para él, más aún después de lo de Sara, no hizo ninguna réplica. Se interesó por el estado de Víctor, y este se escabulló como si de un jugador profesional de fútbol se tratase mientras le daba las gracias y se metía en el coche.

— ¿Ariel? – preguntó Teresa alzando una ceja. — ¿Le has puesto el nombre de un detergente? Vaya sorpresa, al final serás todo un bromista y yo sin saberlo.

—No mujer. – negó con la cabeza divertido. — El día que fuimos a adoptar vimos que nadie la quería. Entonces Sara, se acercó hasta aquel animal al que se le veían hasta las vértebras y mirándome dijo: *"Víctor, pues a mí me parece toda una princesa ¿Verdad que sí? Pelirroja, como la Sirenita."* Y acariciando aquel animal que intentaba morder su mano debido a lo nerviosa y aterrada que estaba, me miró y concluyó: *"Ariel, nuestra princesa Sirenita"*. Bueno, ¿Nos ponemos en marcha? Preguntó cambiando radicalmente de tercio. — No creas que sirve de mucho contarte nada más acerca de mí o de mi vida, algo me dice que es muy posible que no regrese sano de esta aventura. – sentenció con naturalidad ante el estupor de Teresa.

— ¡Ya la ha soltado! Tú eres inmortal, al menos cuatro vidas, estalló sin contención como de costumbre. Casi, casi como los gatos. – y se echó a reír ante su ocurrencia, queriendo disimular que aquel comentario le había resultado desagradable porque, de hecho, ella siempre había sentido más que simpatía hacia él.

¿Hasta dónde llega nuestra mente y cuánto conocemos de ella? ¿Hasta dónde llega nuestra voluntad? O quizá no sea correcto llamarlo así. Quizá es posible que, en realidad, solo hagamos lo que creemos que queremos hacer, algo que está implícito en nuestro ADN y que no es voluntad como tal, sino un instinto disfrazado que nos dirige a su antojo mientras creemos que, por ser autoproclamados racionales, somos plenos poseedores de nuestros actos y decisiones.

Séneca, el filósofo más importante para Víctor, como buen estoico pensaba que la búsqueda de dinero, amor, aprobación u ocio, todos ellos objetivos de rápida recompensa, es lo que nos aparta del verdadero ser, de la grandeza que hay en cada uno de nosotros. Decía que, el ser humano en sí mismo y su percepción de la vida, son de lo más curiosas. Hablaba sobre lo extraño de nuestro funcionamiento, ya que lo más valioso que tenemos, la única propiedad que sabemos que es finita, es el tiempo.

Situándonos en el contexto de la época de este gran hombre, él hacía referencia a cómo cualquier hombre se levantaría en armas contra otro por invadir su propiedad, por quitarle un solo centímetro de tierra, pero, sin embargo, el tiempo lo malgastamos, lo tiramos, lo regalamos a cualquiera que lo quiera.

Decía Séneca que solamente aquel que había dedicado su vida a conocerse a sí mismo y a los demás, aquel que había vivido una vida en busca de conocimiento, dedicando su tiempo y esfuerzo al pueblo, a ayudar al prójimo, evitando sucumbir a esa naturaleza que nos invita a una vida de ocio y consumo, aquel al que podrías despojar de todo lo que pose y se mantendría en pie, aquel es el único al que podría llamarse sabio. Añadía que, al llegar la muerte, el sabio la afrontaría sin lamento, pues habría comprendido el ciclo inevitable y marcharía tranquilo por haber aprovechado su tiempo.

La lectura de estas palabras fue, sin duda, lo que cambió la vida de Víctor. Ahora, mirando a través de la ventanilla, con la mirada perdida en la nada, se preguntaba si, llegado el momento, él estaría preparado.

Aquel día había sido tremendamente duro, todo estaba sucediendo muy deprisa y, como él dice siempre, si vas en un coche en marcha, difícilmente verás todo lo que te rodea. Es mejor detenerse, bajar el ritmo y, todo aquello que tenías delante, pero ignorabas, se hará visible. Irónicamente, ahora que el coche estaba en marcha, era cuando podía ver y sentir todo con mayor claridad.

Al parar y recapacitar fue cuando, sentado en el asiento del copiloto, sintió náuseas, ganas de llorar, de gritar. Se sintió el hombre más diminuto de todos, y que a su vez le imponen la difícil tarea de sostener el peso del mundo sobre sus hombros. Comprendió que una familia, su familia, dependía de la pericia de los dos ocupantes de aquel enorme coche. Quería pensar que su amigo seguía vivo, pero no sabía en qué estado de salud, por cuánto tiempo, ni con quién estaba tratando. Estaba aterrado, había intentado permanecer de una sola pieza, pero la realidad era tan abrumadora que empezaba a notar los estragos.

—Bueno... ¿Te hablo sobre Nefertari? – Teresa rompió aquella lucha interior con su típica espontaneidad. — Estaba esperando a que iniciaras tú la conversación, pero me está asustando la cara de demente que tienes y que veo empeora por momentos.

—Muy graciosa...— respondió Víctor tratando de volver a su ser. Aunque jamás lo admitiría, estaba tremendamente agradecido por aquella distracción. La situación era desagradable, eso era obvio, pero martirizarse no le ha servido a nadie en la historia y él no iba a ser diferente, tenía que dejar los pensamientos nefastos a un lado. — Te pido disculpas, entiende que soy hombre de muchas letras y poca aventura, me avergüenza admitir que estoy preocupado por no estar a la altura de la situación y, sobre todo, me inquietan las muchas incógnitas que tenemos delante. Me siento desorientado. Así que, por favor, prosigue. Nefertari…— con un gesto de la mano la invitó a comenzar su explicación. Teresa obedeció de inmediato, como si de una enciclopedia interactiva se tratara, estaba claro que su trabajo la apasionaba.

— ¿Sabes quién fue Ramsés II? Espera, antes de continuar, yo voy explicando y si hay algo que quieres que te aclare me interrumpes ¿De acuerdo? – puntualizó sabiendo que la emoción la embriagaría y hablaría hasta quedarse sin voz. – Continúo… Nos situamos: Ramsés II, año 1300 a. C. Siendo adolescente, tomó como esposa a Isis—Nefert, pero antes de ascender al trono tomó una segunda esposa, Nefertari. Cuando ascendió al trono, ascendió a ambas al rango de esposas reales. Pero, aunque Nefertari fuese la segunda, pronto pasaría a ser la reina por excelencia, no tenía rivales entre las muchas esposas del faraón. Asumió un gran papel político y religioso. Imagínate, una mujer que fue la artífice del fin de una gran guerra, consiguió la paz entre Egipto y el imperio hitita. Tal era su carisma que el pueblo, la clase política y todo aquel que la conocía la adoraba. Ramsés se cuidó de ir siempre acompañado por ella a todo tipo de actos para asegurarse la simpatía de todo aquel que asistiera. Ninguna mujer volvería a alcanzar semejante poder hasta los tiempos de Cleopatra, eso sí, siempre estaba respaldada ante todo por su marido. Tal era su amor hacia ella que la hizo poseedora de varios títulos, entre ellos, y quizá el que más deja evidencia de sus sentimientos: "Por la que brilla el sol", ninguna otra mujer ha sido bendecida nunca con ese título. Quizá todo esto no te parezcan gestos muy especiales, pero ¿Conoces el templo de Abu Simbel? — Teresa hablaba de forma atropellada, entusiasmada con los detalles de tan fascinante pedazo de la historia.

—Claro que lo conozco, aunque solo unos pocos detalles…

—Fue una de las grandes obras ordenadas por Ramsés II, pero para nuestra historia creo que es más importante el templo que construyó justo al lado. Imagínate, un hombre increíblemente egocéntrico, megalómano y poderoso como no lo ha sido otro faraón en la historia del antiguo Egipto, pues ese hombre—dios, dedicó un templo a su reina, y no solo eso, hizo algo aún más inaudito.

—Sorpréndeme. – dijo Víctor contagiándose de su emoción y marcada intriga.

—En el antiguo Egipto era normal encontrar figuras talladas junto al faraón, pero había una norma que nunca se rompía, nunca. La otra figura nunca debía exceder la altura de sus rodillas. Pues bien, en la entrada del templo dedicado a Nefertari, encontramos que Ramsés II y ella están a la misma altura. No solo eso, en la fachada se puede leer una preciosa dedicatoria: "Una obra perteneciente por toda la eternidad a la gran esposa real Nefertari Merien-Mut, por la que brilla el sol". Además, la tumba que Ramsés hizo construir para ella es la más bonita de todas las que se han encontrado. – hizo una breve pausa para tomar aire. — Tranquilo, ahora te la enseñaré con el móvil. Por desgracia para este hombre, tuvo que vivir muchos años sin su amada. Él fue todo un prodigio de longevidad para la época, ya que vivió más de 90 años, pero se cree que Nefertari falleció entre los 40 y 50 años de edad. Digo se cree, porque hay mucho misterio en torno a ella. Primero, no se conoce su origen, se dice que Ramsés se encargó de que nunca se supiese porque no era noble, pero bueno, es una de las teorías. Segundo, ¿Cómo es posible que el faraón se rindiera a sus pies del modo en que lo hizo? Y tercero, y creo que más importante, su muerte. ¿Cómo una mujer tan increíblemente venerada, querida y respetada, no deja huella de su muerte? Nada, cero. Se evaporó, dejó de aparecer en las inscripciones, en los grabados, simplemente se esfumó. Entre el pueblo egipcio pasó de boca en boca una leyenda que decía que ella no había muerto. Se dice que se apartó de la vida social y que se había retirado a una vida más tranquila. Pero bueno, aquí ya entramos en terreno de conspiraciones o creencias religiosas, aunque he de admitir, que no haber encontrado restos de ella en su tumba no hizo más que incrementar la leyenda. Bueno, en realidad sí que se encontró algo, dos rodillas...

Y Víctor, que había empezado concentrado, pero se había rendido ante la figura que le estaban describiendo, de pronto reaccionó contrariado.

— ¿Solo las rodillas?

—Como oyes, las rodillas. — continuó ella. – Casualmente, quien saqueara la tumba se olvidó allí las rodillas de la momia, que justamente y de un modo nada sospechoso, han sido datadas recientemente gracias a los avances de la ciencia y son de una mujer que vivió en la era de Nefertari y que justamente tenía entre 40 y 50 años, recordemos que es la edad con la que se supone que murió. Así que... — agarraba con fuerza el volante en las partes de mayor misterio de su relato. – Analicemos: tenemos una estatuilla que representa a una de las mujeres más icónicas de la historia, la mujer con la tumba más grande y bonita, y presumo que evidentemente con un gran tesoro que fue saqueado. Eso es justamente lo que creo que andamos buscando. – sonriente, aguardó respuesta por parte de su compañero de viaje, pero este se encontraba con la vista al frente y los ojos entrecerrados, con una expresión seria marcando su rostro.

— ¡Víctor! – espetó Teresa sacándole de su ensimismamiento.

— ¿Qué? ¿Qué pasa? – preguntó tras dar un respingo.

—Y tu opinión es… — le recordó ella mientras movía sus manos fingiendo que las palabras salían de su boca.

— ¡Ah! ¿Que esperabas una respuesta? ¿Pero qué te piensas que esto? ¿Una película mala de domingo por la tarde? – Víctor optó por el humor ácido del que Teresa siempre hacía alarde, pagándole con la misma medicina. — Estoy analizando la situación, no voy a hablar por hablar, podría caer en clichés erróneos y perder la perspectiva. No puedo permitírmelo, hay demasiado en juego y poca información hasta el momento. La verdad, habría sido de mucha ayuda que Eduardo me hubiera traspasado sus avances en la investigación hasta el momento, todo lo que él consiguió resolver, así tendría una idea de lo que nos espera. Siento que vamos a ciegas.

—Mira qué maravilla. – Teresa, ignorando las conclusiones de Víctor, extendió el brazo para darle el móvil. —— La tumba de Nefertari se cerró hace años, sus maravillosas paredes se caían a pedazos. Tras varias investigaciones concluyeron que era debido a la humedad corporal que transportaban los turistas que la visitaban, así que se cerró al público. Por suerte para todos, en Internet podemos encontrar un buen repertorio de fotos.

Víctor tomó aquel dispositivo brillante entre sus manos y, al instante, quedo maravillado con la imagen que le ofrecía la pequeña pantalla. Sintió en su cuerpo el calor de un abrazo y como este disipaba poco a poco la tormenta que había dentro de él y que llevaba tiempo queriendo mitigar. ¿Cómo era posible? ¿Qué magia tenía aquel sitio que parecía atraerle como el canto de las sirenas al mismísimo Ulises? No quería dejar de mirar.

— ¿Qué opinas? —le insistió Teresa.

—Es preciosa, realmente preciosa.

—Ya te lo había dicho, una pena que esté cerrada…

—Tengo una pregunta

—Dispara——. Teresa se preparó para seguir impartiendo la lección de historia.

—El techo, ¿Toda la cámara era igual?

—Sí. Ramsés II hizo pintar para ella todo el cielo lleno de estrellas. Piensa que, aunque en esa imagen no se termina de apreciar bien, el tono original de ese azul era tan bonito que resultaría difícil apartar la vista, además, no hay un hueco sin estrellas. Pintó la noche más bonita que alguien pueda imaginar para que su amada la pudiera mirar por toda la eternidad.

Haciendo un esfuerzo casi titánico, Víctor consiguió apartar la vista de la imagen para seguir pensando en el viaje que estaban haciendo. Había algo en esas imágenes se retenía su interés más de lo necesario.

—Ya estamos llegando, ¿Verdad? Tenemos que buscar hotel y mañana ponernos en marcha lo antes posible. – se sentía impaciente, quería ver esa estatuilla cuanto antes.

—Estamos cerca, ya es tarde, pero llegamos dentro de lo previsto. – le informó la conductora. —Me he tomado la libertad de reservar esta mañana habitación en un hotel que me gusta mucho. Tiene un toque muy encantador. Sé que no te gustan las cosas excesivas, así que he pensado que sería una buena opción.

—Viendo este coche me da miedo pensar qué es para ti una buena opción.

—De nada, señor del Troncomobil. – dijo entre risas. — Si tú no llevaras ese pedrusco inútil yo habría podido relajarme mientras tú te preocupabas del resto durante el viaje.

Víctor empezó a reír a carcajadas mientras Teresa le miraba y se esforzaba por no contagiarse, cosa que era harto difícil.

— ¿Qué te pasa ahora? – se limitó a preguntar sabiendo que el humor de Víctor era bástate extraño y que, muy posiblemente ella no le vería la gracia a lo que para él sí fuera divertido.

—Perdona, pero me acabo de imaginar a las personas de hace 20 años durmiendo en las calles porque Internet no existía y no sabían que entrar a un hotel a pedir habitación era una posibilidad. — Y siguió riendo hasta casi tener agujetas. — Terminaré por pensar que te dan comisión si consigues que compre un trasto de esos.

—Sí, lo que me faltaba, ser tu operadora. – respondió con tono de fingida indignación. – Con lo… Con lo… — se interrumpió pensando qué palabra utilizar en su respuesta. – Con lo que exigente que eres. Pero él no podía dejar de reír y Teresa empezaba a ponerse de los nervios. — ¿Qué? ¿He acertado o no?

—Bueno, no está mal. – afirmó con escaso entusiasmo, no quería reconocerle lo sorprendido que estaba por lo acertado de la elección.

Una vez el joven de la recepción les entregó la

llave de su habitación, Teresa corrió deseando dejar las maletas y poder hacer una visita inmediata al restaurante, se moría de hambre.

—Bueno... — Prosiguió mientras aguardaba al ascensor. — Aquí cocinan bastante bien y yo estoy muy cansada, ¿Qué te parece si cenamos aquí mismo y mañana ya nos ponemos en marcha? — Ante la falta de respuesta de su compañero volvió la vista atrás para descubrirlo aún frente al mostrador. — ¡Víctor! Pero ¿Qué haces ahí?

—Esperar la llave de mi habitación. – respondió con inocencia.

— ¿Hola? ¿Me estás diciendo que "Don austero" quiere pagar dos habitaciones? ¿Tu lógica tan afamada no te dice que eso no es lógico? Haz el favor, que somos dos adultos, además no sufras tanto que hay dos camas y si te pones una rejilla en tus rizos para no despeinarlos prometo no decírselo a nadie. Vamos, venga. – le regañó dándole una palmada en la espalda para que siguiese camino a la primera planta.

—Lo que me faltaba...— susurró cuando Teresa no podía escucharle, mientras seguía sus pasos completamente resignado.

Por fin había llegado el momento de cenar, ambos estaban tan famélicos que casi habían perdido de vista el motivo que les había llevado hasta aquel lugar, el día se les había antojado excesivamente largo.

Teresa seguía divagando con su verborrea habitual mientras Víctor no podía pensar en otra cosa que no girara en torno a la comida que estaba a punto de degustar. Hacía varios años que seguía una dieta muy equilibrada y, para respetarla, utilizaba siempre y de forma estricta la norma que él mismo había bautizado como "mis vitaminas". Porque, de hecho, Víctor no come, simplemente se alimenta. Sabe bien que es producto del trastorno obsesivo compulsivo que padece, pero de todas las manías que tiene es posiblemente la más beneficiosa para la salud, así que no suele darle importancia o, al menos, eso es lo que se repite a modo de consuelo por no aceptar que no lo puede controlar.

—Ésta es su mesa, señores. — dijo alegremente el camarero mientras movía una de las sillas para que Teresa tomase asiento. — Soy

Iván, su camarero de esta bonita noche, espero que todo esté a su gusto.

Víctor no puedo evitar sonreír. Ese chico era el mejor ejemplo de una de sus pláticas preferidas: tu oficio no define quién eres. Y es que, desgraciadamente, desde que somos pequeños, agravándose según avanza nuestra educación, nos hacen creer que adquirir el mayor puesto posible, las responsabilidades más pesadas y los suelos más elevados, son sinónimo de triunfo y felicidad. Víctor odiaba esa manía humana de relacionar directamente la felicidad con lo tangible. Esa gran mentira va tan inculcada en cada uno de nosotros que es justamente uno de los mayores frenos que tenemos para realmente alcanzarla. Un claro ejemplo lo tenía delante. Aquel joven, del que desconocía su vida personal. Sin esforzarse mucho, podía deducir rápidamente que no era infeliz, pues, aunque entre sus funciones estuvieran implícitas la cordialidad y la educación, era obvio que la felicidad radiaba dentro de su personalidad. Entonces, quedaba desmontada toda la creencia desarrollada anteriormente y que la sociedad nos obliga a perseguir, irónicamente, a costa de ser felices. Todo aquello daba vueltas en la menta de Víctor en aquellos pocos segundos en los que se sentaron a su mesa.

Pero, a pesar de sus inquietas reflexiones, prefirió no compartirlas con Teresa, eran el tipo de apreciaciones que solía razonar y estudiar para sí mismo, para su propio crecimiento, sabiendo que el resto del mundo no estaba preparado para comprender.

— ¿Qué van a querer? — Preguntó Iván atentamente.

— ¿Sería posible una pequeña variación de algunos platos? – Quiso saber Víctor educadamente, pero claramente incómodo.

—Dígame y lo pregunto, señor.

—La ensalada, ¿Podría ser simplemente de hojas y añadir los arándanos que veo sirven en otros platos, y huevo duro de esta otra? – señaló la mencionada ensalada sobre la carta.

—No creo que haya problema señor, ¿Algo más? – tomó nota en su moderna y pequeña Tablet para recoger las comandas.

—No gracias, con eso será suficiente.

— ¿Y usted? — Preguntó mirando a Teresa, la cual no salía de su asombro por la elección de Víctor. ¿Un hombre de casi metro noventa que se alimentaba como una vaca? Desfallecerá, pensó en silencio sin dejar de observarle contrariada.

—A mí me pone de primero canelones gratinados y de segundo paletilla de cordero con patatas. – pidió sin dejar de salivar, deseando que el tiempo corriese rápido para poder hincarle el diente a su menú.

—Muy bien. – cuando Iván terminó de anotar llegó el turno de los líquidos elementos. — ¿Qué querrán de beber?

—Agua natural, por favor. — pidió Víctor mientras Teresa prácticamente le pisaba las palabras para interrumpirle.

— ¿No quieres un vinito? No creo que nos fuese mal… — comentó esperando convencerlo.

—Perdona, yo no quiero. — Respondió educadamente replicándole su argumento. — Yo no creo que nos hiciese bien. — Y aunque se moría de ganas por explicarle los daños del alcohol en el cuerpo, se contuvo por no hacer perder más tiempo al amable camarero.

—Pues yo quiero vino. – afirmó Teresa con rotundidad, a la par que señalaba su favorito sobre la carta de vinos tintos. ¡El Oporto! – escogió entusiasmada.

—Perfecto. — asintió Iván. — Enseguida les sirvo. Si desean alguna otra cosa no tienen más que decírmelo. – recogió con una gran sonrisa las cartas y se encaminó a la cocina.

—Qué hambre tengo, por Dios… — exclamó Teresa mientras alzaba la vista para descubrir a un Víctor impasible que permanecía con la mirada fija en el fondo de la sala. Giró la cabeza en un gesto involuntario para ver qué le obnubilaba tanto. Allí, en un rincón, había un viejo piano de cola. –Anda, qué bonito. ¿Te gusta? – le preguntó buscando su mirada. — Aporta un toque muy bonito a la sala, ¿Verdad?

—Sí... — coincidió él con poco entusiasmo sin salir de su ensimismamiento, aunque cambiando el objetivo de su atención. De mirar aquel viejo piano pasó a hacer un barrido del comedor, analizando a los ocupantes de cada mesa, su expresión corporal, su modo de interactuar o, mejor dicho, su modo de no interactuar, mientras su mirada se tornaba cada vez más triste.

— ¿Qué te pasa, Víctor? — Preguntó Teresa extrañada sacando su Smartphone del bolso.

—Por favor, si no es algo muy urgente guarda ese cacharro. Ayúdame en mi creencia de que la humanidad todavía tiene alguna esperanza. – rogó centrando por fin su atención en su compañera de mesa.

—Pero ¿Qué te pasa ahora? — Insistió ella.

—Mira a tu alrededor, dime, ¿Qué ves?

—Pues gente cenando. No te tenía por tan cotilla. — rio ella que, a esas alturas, ya sabía que aquella no era ni de lejos la respuesta que Víctor esperaba.

— ¿Sabes que era en la antigüedad un peripatético? – rebatió él mientras formaba figuras con su servilleta.

—Pues no, pero me temo que me lo vas a decir. — contestó Teresa apoyando la barbilla sobre su mano para fingir prestarle la mayor y más plena de las atenciones, cual alumna aplicada.

—Peripatéticos fue el nombre que se adjudicó a los seguidores de Aristóteles. –explicó con lentitud, como quien mastica las palabras. — El nombre vino dado a la costumbre de Aristóteles y sus discípulos de andar caminando dentro de la escuela mientras estudiaban y debatían las bases filosóficas más importantes para el hombre, unas bases que, con cada generación, se encuentran más extintas. Ahora, ni sentados ni de pie, nadie habla de nada. – miró decepcionado en derredor. — No hay una sola mesa en la que alguno de sus ocupantes tenga el suficientemente respeto como para valorar la compañía. Tú ves gente. Yo veo personas que tal y como predijo Einstein son idiotas, la tecnología les ha superado. No hay una sola mesa en la que los presentes estén hablando. Si partimos de la base de que hablar es el mejor canal de comunicación, podemos afirmar sin temor a equivocarnos que hemos desaparecido los unos para los otros. Y lo que es más grave, ¿Ves aquel niño sentado en la trona? ¿Qué edad debe tener? ¿3 años? A sus tres años le están enseñando que debe mirar esa pantalla, de lo contrario habría que prestarle atención y molestarse en educarlos, que terrible sería ¿Verdad?

Pero aún no he terminado… — continuó cuando intuyó que Teresa estaba a punto de abrir la boca. — ¿Sabes lo que significa para un cerebro en desarrollo? ¿Lo dañino que es tanta exposición a la tecnología? ¿Te suenan el déficit de atención o la depresión infantil? Piensa que la maduración normal del cerebro de un niño se centra durante los primeros meses en adaptarse a pequeños objetivos, como por ejemplo un sonajero, alguien que se asome a saludarle… En fin, se centra en funciones básicas para una correcta maduración del cerebro racional que determinará si un adulto tendrá la capacidad esperada para dominar sobre todo las frustraciones o algo tan simple como prestar atención en clase. En resumen, la garantía de una persona feliz, ya que esto, aunque la gente no lo sabe va intrínsecamente ligado, pasa por saber aceptar la frustración. Con esa pequeña Tablet que está mirando el niño, se está provocando una involución del cerebro. Todo lo aprendido, si es que ha llegado a hacerlo, se está perdiendo. Está cambiando a un estado en el que no será feliz a no ser que su cabeza permanezca siempre sobre estimulada, ¿Sabes qué significa eso? — continuó hablando mientras Teresa escuchaba atenta, se había rendido a interrumpir su monólogo reivindicativo, solo podía seguir su corriente sin oponer resistencia.

— ¿Qué significa eso, Víctor?

—Que en esa mesa donde tú ves un niño, yo estoy viendo la destrucción negligente de la felicidad de una persona. Un niño destinado a tener un nivel de tolerancia a la frustración nula, que conllevará al fracaso de cualquier empresa que quiera llevar a cabo, empezando por el fracaso escolar. Esto, en el día a día, podríamos decir sin lugar a duda que estamos ante un adulto infeliz, obeso y adicto debido a la sobre estimulación a la que sus padres han sometido a su cerebro. Así que dime, ¿Crees que serás capaz de compartir la cena conmigo sin mirar el teléfono? – preguntó atravesándola con una mirada férrea y segura.

—Claro, claro… — afirmó algo cohibida devolviendo el teléfono a su escondite.

Para sorpresa de Teresa, la cena fue de lo más entretenida. "Mira por dónde va a resultar ser un hombre divertido", pensó mientras le escuchaba. Víctor se encontraba allí sentado contemplando a Teresa devorar el último plato y el postre que, cómo no, había seleccionado por ser el más grande de toda la carta.

— ¡Qué se te habrá pasado por la cabeza! – exclamó Teresa divertida al comprobar que Víctor se había echado a reír haciendo gala de su sarcasmo habitual.

—Estaba pensando en la suerte que tienen los mamuts de haberse extinguido. — contestó en un estallido de risas. — No habría ninguno a salvo contigo. – Con gran sentido del humor, Víctor comenzó a recrear una conversación ficticia entre Teresa y un camarero. — ¿Qué va a cenar la señora? Un par de mamuts, por favor. – dijo poniendo una voz más aguda para imitar a su compañera. — Ahora entiendo lo del vino, es para entrenar al estómago y que no espere que le entre algo sano.

—Ojalá existieran los mamuts, me he quedado con hambre, ¿Sabes? — Teresa ya empezaba a encontrarle gracia al humor de Víctor y le resultaba fácil entrar en sus bromas.

—Te creo, te creo, casi pides pan para el postre. — a Víctor se le caían hasta las lágrimas de tanto reír.

—Ya vale, me duele la barriga de reír. — dijo Teresa poniendo las manos sobre su estómago.

—Ya paro, ya paro… — dijo Víctor mientras se secaba los ojos con un pañuelo. – Iván, por favor. – alzó la mano para llamar la atención del camarero. — La cuenta por favor.

Tras aquella sorprendente y llevadera velada, ambos se despidieron cordialmente deseando dormir cuanto antes para poder relajar la mente que a tanto se estaba enfrentando en aquellos días. Cada uno en una esquina de su respectiva cama, dieron media vuelta, apagaron las luces y se entregaron a Morfeo.

— ¿Pero ¿dónde está este hombre ahora? — Teresa se había despertado en mitad de la noche para ir al servicio y Víctor no estaba en la habitación. — Seguro que ha bajado a pedir algo de comer, con lo que ha cenado no hay quien sobreviva... — se dijo a sí misma mientras se anudaba la bata.

Salió de la habitación y, a medida que avanzaba por el pasillo, un leve y hermoso sonido invadía la estancia, haciéndose más y más evidente con cada paso. Alguien estaba tocando el viejo piano.

Al entrar en el comedor, Teresa no lograba salir de su asombro. Allí estaba Víctor, sentado frente a aquel piano mientras murmuraba una canción. Después de pasar unos segundos allí de pie, consiguió salir de su pasmo y decidió acercarse a hacerle compañía. Mientras se aproximaba, iba pensando en una buena chanza para seguir con las bromas, pero su plan se vio truncado al ver que Víctor estaba llorando.

Se quedó allí, detrás de él, intentando asimilar lo que estaba pasando. El señor Víctor Torres estaba cantando una triste balada. Acariciaba las teclas con la misma suavidad que un padre mece a un hijo mientras susurraba con gran emoción: *"Si soy aquel que desde siempre te esperaba, puedo admitir que, aunque fuese una locura, no dudaba..."*

Y Teresa, en un momento de complicidad, puso su mano sobre el hombro de Víctor, quien al notar su presencia cesó de inmediato su canción. Todo el mundo sabía lo de Sara y, aunque él nunca daba pie a hablar del tema, Eduardo hacía unos meses le había contado algo al respecto. Se sentó a su lado, en aquella pequeña banqueta y, mirándole con dulzura le sonrió levemente.

— ¿Estás bien?

Pero Víctor no contestó, su mirada permanecía clavada sobre sus manos inmóviles que habían dejado de presionar las teclas del piano, limitándose a acariciarlas sin mover un músculo.

—Sara, ¿Verdad? — Se atrevió a preguntar Teresa.

— ¿Sabes? Nuestros gustos musicales nunca fueron los mismos, pero ella consiguió que esta canción se convirtiera sin duda alguna en mi favorita. – dejó escapar media sonrisa nostálgica. — Estábamos en casa, yo andaba restaurando un mueble que pensaba utilizar de biblioteca y ella preparando manualidades para su clase. No sé si lo sabías, pero era profesora de guardería, le encantaban los niños. La radio estaba encendida en la emisora que tanto le gustaba, nunca tuvimos que discutir por ello, a mí me bastaba con escucharla canturreando junto a mí. De pronto me interrumpió y, cogiendo mi mano, me invitó a bailar mientras me decía: *"El otro día escuché está canción y me hizo sentir tan feliz... Pensé en ti, en que siempre te he esperado, ¿Es una locura Víctor?"* Yo la abracé con todas mis fuerzas mientras mi cuerpo se estremecía con cada letra de aquella canción y, alzándola del suelo, seguimos bailando mientras me parecía estar volando. Aquella letra era realmente bonita, y a ella le recordaba a mí. – Por fin, Víctor alzó la mirada, como si acabara de toparse con la realidad. — Decidí darle una sorpresa, así que estuve aprendiendo durante 3 meses a tocar esa canción, sólo esa, pero no me dio tiempo. Ella no era partidaria de las motos, mucho menos desde que tuvo un accidente con su novio del instituto del que salió muy mal parada, de hecho, tenía una cicatriz en la pierna que la acomplejada bastante, pero aquel día decidió venir conmigo. No habíamos recorrido ni tres kilómetros cuando un coche se saltó un stop. Fue el peor momento de mi vida. Lo que en realidad fueron décimas de segundo para mi fueron minutos, minutos agonizantes en los que era consciente de que lo que más quería en el mundo iba a sufrir daños y no podía hacer nada para evitarlo. Después del impacto, quedé tirado en el suelo, no había una parte de mi cuerpo que no estuviese dañada, todo era sangre, dolor y no podía moverme. – Teresa, ante aquel relato, sintió cómo se le ponían los pelos de punta y un nudo se formaba en su garganta. Se mantuvo en silencio, dejando que Víctor soltase todo. — Enseguida acudió gente de todas partes mientras yo únicamente alcanzaba a ver piernas y figuras que no reconocía, a escuchar voces que no entendía… Tardé unos segundos en comprender que el sonido que había a mi alrededor eran los pies de mis cuidadores pisando mi propia sangre. Intenté levantarme para buscar a Sara, pero no dejaban que me moviera, no creo que nadie pueda entender la impotencia, la ira y la rabia que sentí en aquel momento. Mis ojos no la encontraban y mi corazón ya no la sentía. Cuando quise darme cuenta me llevaban en ambulancia mientras yo preguntaba incansable por Sara y no recibía respuesta. Una y otra vez peleaba por no perder el conocimiento, pero no fui lo suficientemente fuerte... − negó con la cabeza conteniendo un sollozo. — Cuando desperté en el hospital, allí estaban nuestros seres queridos, demasiados pensé yo, rápido comprendí lo que había pasado. Sara, mi Sara, ya no estaba. − se detuvo unos instantes para tomar aire. Lo que te voy a contar ahora va en contra de toda la lógica que defiendo, pero cuando la miré, lo supe. Un perrito perdido, él fue el responsable— sonrió lleno de ternura. Vino hacia mí y lo sujeté, al alzar la vista…ahí estaba ella. Yo no conocía de nada a aquella mujer por supuesto, pero pasó algo tan especial que, de no ser por haberlo vivido, jamás lo habría creído. Su voz, su rostro y sus gestos no me eran desconocidos, de hecho, tuve la sensación de que en todos mis años anteriores jamás estuve completo. Como podía estarlo si aquella chica llevaba consigo gran parte de mí. La admiraba tanto... Es la gran lección que aprendí de ella, el amor es admiración. Admiraba su pasión por los niños, su paciencia, su sentido del humor, el modo en que se hacía respetar. Recuerdo un día. — prosiguió mientras se le escapaba una sonrisa. — Lo nuestro aun no era oficial, habíamos quedado un par de veces sí, pero que yo sea un antiguo no significaba que ella pensara igual que yo. Yo estaba esperando a que saliera de trabajar cuando uno de los padres, lleno de valentía, se dispuso a intentar flirtear con ella. Ella no dio pie a nada, no mostró ni una sola reacción que diera a entender que aquella puerta estaba abierta, ni que necesitara halagos ajenos. Lo despachó con tal elegancia que en aquel momento comprendí que, si había de admirar a una mujer, era a aquella.

—Cuánto lo siento... — acertó a decir Teresa. Hacía poco más de un año que había tenido lugar el accidente, así que no quería ni imaginarse el sufrimiento que podía estar padeciendo Víctor.

—No quiero ser grosero, pero ¿Te importa dejarme solo? Necesito... — pero Teresa ya estaba en pie sin necesitar escuchar el resto de la petición. Lo comprendía perfectamente.

—Tranquilo, intenta no ir a dormir tarde que mañana nos espera Ricardo a primera hora, será un día ajetreado. — Se dispuso a salir de sala y, antes de llegar a la puerta del comedor volvió a sonar aquella bonita canción.

CAPÍTULO 9: Cambiazo

El paisaje era realmente hermoso. Sus ojos volaban de un lado para otro y aun así no le alcanzaban, no eran suficiente para ver todo lo que había ante él. Varios jardines presidian la entrada. El coche avanzaba cuidadosamente por aquel camino que atravesaba cada uno de ellos de un modo tan equidistante que hacía evidente que no era algo casual, pero, aun así, el equilibrio entre la naturaleza y lo artificial era tan sutil que no alcanzaba a discernirlos.

La elegancia y el gusto con que se había diseñado aquella entrada eran abrumadoras. El espacio cada vez era más cerrado y la vegetación más frondosa. Los árboles se intercalaban de tal modo que Víctor tenía la sensación de que, si alargaba su brazo a través de la ventana hasta tocar las ramas con la yema de sus dedos, la colisión de su cuerpo haría de timbre en el espacio intercalado, dando lugar a una bonita canción. Aunque consciente de que este tipo de apreciaciones solo duraba unos instantes, se sentía agradecido por la paz que a veces le brinda su cabeza.

—Ahí está Ricardo. — dijo Teresa reclamando la atención de su acompañante, ya empezaba a acostumbrarse a quedarse sola en el mundo real.

Víctor volvió la cabeza. En efecto, ahí estaba. Frente a la entrada, un hombre de aspecto agradable saludaba entusiasmado. Víctor no salía de su asombro, claramente Teresa y sus amigos tenían un problema con el tamaño, no podía hacerse la casa más grande. Rio para sí mismo ante su ocurrencia.

— ¡Cuánto tiempo! — Exclamó Ricardo dirigiéndose a Teresa con mirada afectiva.

—Demasiado, amigo mío. – Teresa se abalanzó sobre él haciendo alarde de su ímpetu y falta de autocontrol habituales.

"No se le ocurrirá saludarme así si retomamos el contacto después de esto", fue lo único que pasaba por la cabeza de Víctor mientras era testigo de la escena, en la que, para su gusto sobraba contacto físico.

Al fin los brazos de Teresa liberaron a su anfitrión quien, de inmediato, extendió la mano hacia Víctor. ¿No me abrazara? Pensó mientras reculaba sutilmente.

—Hola Víctor, bienvenidos a mi hogar, siempre es un placer conocer a amigos de Teresa, saludó cordialmente. – con un gesto de la cabeza, le invitó a acceder al interior de la casa.

— ¿Haces deporte? Se te ve en forma. – comentó Ricardo queriendo entablar conversación con él. — Yo hace tres semanas que he empezado unas clases dirigidas con un entrenador personal, pero ya noto sus frutos. — Comentaba alegremente. ¿Qué deporte haces tú?

—Todos y ninguno. — Contestó Víctor mientras se preguntaba cómo estaría antes Ricardo. No debía tener más de cincuenta y cinco años, pero lucía una barriga añeja propia de setenta.

— ¿Cómo? Explícame por favor que me ha gustado eso de estar en forma con ninguno. – rio divertido.

"Ya la hemos liado", pensó Teresa mordiéndose el labio, esperando que Víctor se arrancase con uno de sus famosos sermones. Pero, en contra de su naturaleza, Víctor decidió ser breve, no iba a perder el tiempo, era evidente que a aquel hombre de poco le iba a servir lo que pudiera intentar explicar.

—Nada complicado, no utilizar tecnología. Me desplazo a pie o en bicicleta, utilizar las escaleras en lugar del ascensor… ese tipo de cosas… — respondió escuetamente.

—Tomo nota. – Ricardo buscó una mirada cómplice de su amiga. — Bueno Víctor, ¿Preparado para ver a mi Nefertari? ¿Sabes? Es la primera vez que conozco a un escritor. Cuando Teresa me dijo que estabas llevando a cabo una investigación para escribir un libro sobre el antiguo Egipto no pude negarme a invitaros.

—Ya...— fue todo cuanto pudo afirmar mientras asesinaba a Teresa con una caída de ojos. Ella sonrió con una mueca de burla, haciéndole cómplice de aquella mentira y obligándole a continuarla, era evidente que se estaba divirtiendo. Víctor no sabía cómo fingir ser escritor, pero lo intentaría, aunque juró vengarse de Teresa antes de que terminase el día. — Perdón por mis modales, muchísimas gracias por su hospitalidad. – prosiguió recomponiéndose y hablando con cordialidad, aunque sintiéndose culpable por mentir a quien les estaba ayudando. — Sí, estoy escribiendo un libro sobre el antiguo Egipto y Nefertari merece especial mención. Cuando Teresa me dijo que era posible ver una estatuilla de esta mujer tan icónica no me pude resistir.

—No hay porque darlas hombre, supongo que sabrás cómo la conseguí... — Claramente Ricardo no tenía más objetivo que hacer alarde de su poder adquisitivo.

—Sí, Teresa me puso al corriente. Tiene que ser un momento realmente especial conseguir un objeto tan único. – atajó con la máxima educación que pudo.

— ¡Fue increíble! Llevaba años tras esa estatuilla, cuando me llegó la noticia de que saldría a subasta lo único que tenía claro era que no me iría sin ella.

Paseaban por el interior de aquella casa, cruzaban habitación tras habitación y Víctor no salía de su asombro, el personal de servicio iba y venía mientras Ricardo actuaba como si fuesen invisibles. Atónito y aterrado observaba como quien va al cine por primera vez. Pero, por desgracia la película del día trataba sobre como despojar al ser humano de humanidad tratándolo con más indiferencia que a una puerta, la cual al menos estas obligado a tocar el pomo.

—Ya estamos en mi sala de los tesoros. — dijo Ricardo mientras habilitaba la entrada utilizando un panel que parecía salido del futuro.

Ésta empezó a moverse lentamente mientras la luz se encendía por fases hasta iluminar toda la estancia. No había que ser un experto para entender que aquel hombre no había escatimado en seguridad. Víctor jamás había visto algo ni remotamente parecido. Pasaron al interior y, mientras Ricardo parloteaba con Teresa, él se esforzaba por contener la emoción. Aquella situación era increíble. Una gran mesa central y cuatro paredes, nada más. Ricardo centro su atención en Víctor, sabia sobradamente la impresión que causaba aquella sala la primera vez, le encantaba ver la expresión de sorpresa de los nuevos visitantes.

— ¿Sorprendido? – preguntó con afán de inflar su orgullo.

—Sí, muchísimo… Víctor se acercó a una de las paredes para inspeccionarla. — ¿Puedo? — mostró intención de tocar la pared.

—Por supuesto. Un diseño bonito, ¿Verdad? Como habrás podido deducir a estas alturas, me encanta jugar con los ambientes, es uno de mis hobbies. Esta sala no es solo una caja fuerte, es una sala para admirar, para disfrutar de maravillas que han sobrevivido a la destrucción del hombre, muchas de ellas a millones de años. Pedí hacer esta sala tal y como creo que merece ser tratado cada objeto que contiene, como algo único, y sin distracciones, aquí solo se accede para prestarles atención.

Teresa se esforzaba por contener la risa. Sabía que a Ricardo le encantaba destacar y dárselas de eminencia. Pensó que estaba teniendo suerte de que Víctor dependiera de esto, de lo contrario, ya le habría desmontado todo ese cuento con uno de sus razonamientos no apto para todos los públicos.

—Dejar las cosas sobre la mesa, por favor, poneos cómodos. – Ricardo se acercó a la pared del fondo, que reaccionó al tacto de la palma de su mano, provocando que una de las secciones comenzara a moverse. No era una simple pared. Eran cajoneras acorazadas perfectamente encajadas que formaban la estructura de pared lisa y hermética. Accionando un mecanismo casi oculto, Ricardo abrió la última puerta. — Aquí la tenéis. Nefertari. — Retiró ambos brazos con mucho cuidado hasta tener la estatuilla totalmente fuera de la cavidad. — Preciosa ¿Cierto? – la depositó con sumo cuidado y satisfacción sobre la mesa.

Víctor permaneció en silencio. No le importaba lo más mínimo aquella estatuilla, para él no era más que un trozo de piedra inútil y sobrevalorado que solo podía servir de pisapapeles. Había infinidad de causas benéficas a las que podría destinar el dinero aquel hombre, por no hablar de lo bien que le iría para su crecimiento personal invertirlo en terapia hasta lograr ver a sus trabajadores como personas. A Víctor le vino a la cabeza la fábula del mono que narraba su primo a modo de mofa cada vez que quería restar credibilidad a alguna cuestión.

Contaba cómo el mono Simón quería hacerse con la ración de plátanos de todos. Simón encontró hábilmente el modo señalando al sol y diciendo al resto de primates que aquello era un dios, y que su deseo era que solo él tuviera los plátanos, a cambio, el sol velaría por su protección para siempre y les abriría las puertas del paraíso tras su muerte. Ante tal privilegio, cedieron sus plátanos y tuvo lugar el nacimiento de la religión.

Víctor no encontraba diferencias entre el provecho que lograba aquel mono otorgando tanto poder a algo que es tan remotamente ajeno a nuestro control como es el sol al poder y privilegios que consiguen los hombres con el dinero. Aquel que posea una gran cantidad, tendrá derechos y beneficios que el resto de las personas, aun siendo biológicamente iguales, jamás podrá soñar. Esa idea siempre le había resultado terrible, sobre todo teniendo en cuenta que, entre dichos beneficios, se incluye el de tener más derecho a vivir.

Le horrorizaba pensar que en aquella sala estaban las vidas de muchas personas. Cuántos han muerto de cáncer por falta de fondos para un tratamiento, cuánta gente muere a diario envenenada con alimentos que han sido tratados químicamente con el fin de obtener un mayor beneficio, cuantos niños mueren de hambre. Aquella sala, representaba a la perfección los plátanos del mono Simón. Se moría por agarrar la estatuilla e inspeccionarla para poder continuar la misión que le había llevado hasta allí, para poder huir cuanto antes.

De pronto, mientras Víctor se esforzaba por centrarse en su objetivo y no en la cuestionable moralidad de su guía, una figura apareció bajo el marco de la puerta. Se trataba de un hombre que, evidentemente, pertenecía a la seguridad del recinto. La verdad es que su presencia resultaba agresiva e intimidante, lo último que mostraba era cordialidad.

—Señor, se requiere su presencia urgentemente. — solicitó con voz dócil y casi sumisa.

—Ahora no, Carlos. — contestó tajante, mostrando una faceta desconocida hasta el momento.

—Señor, es importante. – insistió casi con vergüenza.

Ricardo cambió el semblante, ya no podía disimular su enfado por la interrupción.

—Disculparme por favor, enseguida vuelvo. – se alejó visiblemente molesto a paso rápido.

—Ahora sí que te va a dar algo. — dijo una más liberada Teresa mientras abría su gran bolso.

— ¿Qué me va a dar? — cuando levantó la cabeza, Víctor descubrió a Teresa sacando la estatuilla que había llegado a su casa el día anterior. – Pero ¿Qué haces con eso? – sintió pánico en cuanto adivinó sus intenciones. — Ni se te ocurra. No, no, no... — tartamudeó nervioso.

—Hago precisamente lo que hemos venido a hacer, llevarnos lo que necesitamos. —sin que le temblase el pulso, cambió en un segundo y con gran habilidad, la estatuilla original por la falsa.

— Relájate, ya te dije que no sabe ni lo que tiene, no lo va a notar.

Víctor permanecía totalmente congelado. La verdad es que la determinación de aquella mujer era digna de los más grandes relatos épicos. Pero él solo podía mirar de un lado a otro tembloroso, aquella sala estaba llena de cámaras y sensores. Sabía que antes o después les descubrirían, la pregunta clave era, ¿Les daría tiempo primero a salir de allí?

CAPÍTULO 10: Pedazos

—Ya estoy aquí, perdonarme por favor. – se disculpó Ricardo recolocándose con elegancia el flequillo. — Por más trabajadores que tenga uno, nunca son suficientes. – se encogió de hombros mirando con cierta pena a Teresa. — Me temo que la visita tendrá que posponerse, quería enseñaros otros objetos que tengo del antiguo Egipto, pero hoy no será posible. – con un gesto de la mano, les invitó sutilmente a ir retirándose de la sala. — Si vais a estar por Madrid podéis volver otro día. – por más que intentaba mostrarse cortés y calmado, se notaba en su rostro y en su voz lo enfadado que estaba. No podía haber escogido un público peor al que intentar engañar, ni a Teresa ni a Víctor se les escapaban dichos detalles.

—Ostras, qué pena… — disimuló Teresa. — Yo que contaba con pasar la mañana juntos y ponernos al día. – se recolocó el bolso y le mostró la mejor y más cínica de las sonrisas. — Bueno tranquilo, no pasa nada, otra vez será…

Víctor no salía de su asombro, intentaba disimular su mirada ojiplática. Pensaba que aquella mujer era única, si tan solo pudiera grabarse aquella escena, ganaría un premio con total seguridad. Parecía realmente afectada, tanto que hasta daban ganas de consolarla. "Increíble", murmuró para sí mismo un Víctor que no sabía si reír o escandalizarse.

Tal y como había predicho ella, Ricardo no se percató del engaño y guardó la réplica encantado, sin sospechar lo más mínimo.

—Todos felices. – Susurró triunfante Teresa mientras abandonaban la casa.

— ¡No pares! — Exclamo Víctor nervioso al ver que después de haber recorrido pocos kilómetros ella detenía el coche, no lo suficientemente lejos para él.

—No seas paranoico, por favor. – resopló con tono jocoso.

Teresa sabía que estaba rozando la línea nada fácil de alcanzar, la de hacer estallar a Víctor, pero no cesaba en su intento por conseguirlo, ya ni se molestaba en disimular que disfrutaba incomodándolo, era un juego de lo más divertido. No sabía a quién estaba poniendo más a prueba, si a Víctor por aguantarla, o a ella misma por desquiciarle.

—Estamos a unos veinte kilómetros de su casa, tranquilízate. Todo ha salido bien. — dijo mientras se mostraba claramente orgullosa de su hazaña. Ignorando las quejas de Víctor, volvió la vista atrás para alcanzar su bolsa, depositándola sobre sus rodillas y descubriendo su contenido.

— Bueno, veamos qué tienes de especial. – rumió mientras sacaba la estatuilla. — ¿Has visto, Víctor? – le mostró la figura de lo más risueña. — ¡Tengo dos millones de euros en mi poder!

— ¿Te tomaras algo en serio? ¿Cómo puedes ser tan infantil? — le regaño Víctor intentando mantener la compostura, sin dejar de centrar toda su atención en aquel trozo de piedra.

—Tengo la adrenalina por las nubes, déjame disfrutarla. – replicó antes de que Víctor, presa de la histeria, se la arrebataba de entre las manos de malas formas, dando por zanjada una conversación en la que no tenía pensado invertir más tiempo.

—No puede ser…. – la observó con gran atención. — Es idéntica a la otra. ¿Hemos hecho todo esto para nada? – pero antes de seguir reflexionó unos segundos. – No, no puede ser, estoy pasando algo por alto. – en un hilo de voz, hablaba consigo mismo sin apartar los ojos del delicado objeto.

— ¿Me la devuelves, por favor? — Preguntó Teresa con sarcasmo. — Creo que en el campo de las antigüedades soy más útil que tú. – rio maliciosa, sabiendo que a su acompañante aquella apreciación le golpearía en el epicentro mismo de su muy refutada vanidad.

—Por supuesto. — intentó disimular que el golpe había dado en el blanco. Resignado, miraba a Teresa analizar aquel objeto, verla darle vueltas y vueltas empezaba a resultar hipnótico. De pronto, el semblante de Víctor cambió. — Tu pulsera, ¿De qué es? — Peguntó mientras hacía que ella desviara la atención hacia su muñeca.

—De goma. – Víctor sonrió aliviado y, agarrando la muñeca de Teresa, la acercó a la estatuilla

—Sabes que se demostró que son una estafa ¿Verdad? Llevar un imán en la muñeca no te hace más fuerte ni flexible, pero como bien has dicho antes, sí te hace más útil. — Teresa bajó la mirada acompañando a la de Víctor para descubrir que, a medida que él la obligaba a rotar el brazo alrededor de la estatua, la pulsera se movía.

—Pero ¿Cómo es posible? — pregunto de forma retórica, lo último que esperaba era una explicación plausible por parte de Víctor.

— ¿Cómo es posible? Subestimas el poder de la lógica, querida Teresa, aunque lo entiendo, lo que mi lógica me dice que he de hacer no te va a gustar, no te va a gustar en absoluto. — Y sin darle tiempo a reaccionar, se bajó del coche. Teresa, que había comprendido por sus palabras lo que iba a hacer, no tuvo más opción que mirar mientras Víctor, en un abrir y cerrar de ojos, cogía la estatuilla y, con toda la fuerza de sus brazos, la estrellaba contra el suelo.

— ¡Tú estás fatal! — Le gritó contemplando atónita aquella valiosísima obra de arte desparramada por el suelo. — ¿sabes lo que has hecho? ¡Era una pieza única! — Le era imposible disimular que, de estar en su mano, mataría a Víctor en aquel mismo instante. Pero él hizo caso omiso al estallido de ira de Teresa quien, al verlo sonreír, se encolerizó más. — ¿Pero qué narices te hace tanta gracia? — Víctor, orgulloso de sí mismo, se inclinó, y entre los restos de la estatuilla, señaló un pequeño objeto metálico que se dejaba entrever.

—No te voy a pedir disculpas. — dijo fríamente. — Mi lógica me decía que era necesario y, sencillamente, he hecho lo que debía hacer. Como resultado, tenemos lo que andábamos buscando. No le des tanto valor a ningún objeto, no es lógico.

— ¿Sabes qué no es lógico? – le reprendió ella con furia.

— ¿El qué?

—Que sé a ciencia cierta que esa estatuilla era original. Eso quiere decir que tenía más de 3000 años, Víctor. Te garantizo que, en aquella época, era imposible haber sabido que dentro del bloque que estaban tallando había algún objeto metálico. — Mostrándose claramente dubitativa, limpió los restos de piedra que rodeaban aquella pieza dejándola al descubierto. Su semblante normalmente risueño e infantil, terminó por tornarse en una inequívoca expresión de asombro y desconcierto.

— ¿Qué pasa? – se interesó esta vez Víctor.

—Esto no es posible. – murmuró con voz apagada. — Está grabada, Víctor. El número de anacronismos que tenemos delante son incontables. – limpió con cariño aquella placa intentando discernir la escritura que se hallaba en ella. – Es increíble... — repetía mientras intentaba esclarecer y comprender lo que tenía entre las manos.

— ¿No crees que sería mejor que nos fuésemos de aquí? – la interrumpió Víctor. —Creo que no debemos tentar más a la suerte. Debemos irnos y observar esto con calma.

—Si, tienes razón. Vayamos al hotel. Ya te adelanto ahora que descifrar lo que tenemos aquí no será tarea fácil. ¿Te importa conducir? — pidió Teresa dejando claro que no esperaría a llegar a la seguridad de la habitación para analizarlo a fondo.

—Claro. – afirmó él sin atreverse a llevarle la contraria.

Se eleva sobre nuestras cabezas suavemente. Se abre paso hacia el cielo con su leve forma, con su densa figura y con su inconfundible aroma. Es como si naciera en el mismísimo centro de la tierra. ¿Dónde ha de ser sino en ese lugar en el que muchas civilizaciones pasadas situaron, casualmente, el infierno? Ese lugar del que nada bueno ha de salir y en el que nada bueno hallarás al entrar.

Hace años que Víctor pasa cada día junto a una petroquímica. Recuerda la primera mañana en que lo vio salir por la chimenea: negro y tan denso que, con un simple vistazo se podía comprobar que, en realidad, no todo se elevaba hacia arriba, sino que gran parte se atascaba a una altura en la que se hacía invisible lo que quedaba detrás. Recuerda que el primer pensamiento que le cruzó la mente giraba en torno a la idea de que, aquella imagen, lejos de ser lo horrenda que se mereciera, curiosamente resultaba casi hermosa. No pudo evitar acordarse del famoso infierno de Dante, en la inmensa inspiración que habría encontrado aquel ilustre hombre en nuestro bello arte de convertir el mundo en un cenicero. Pero la asociación de su cerebro fue clara, ante aquella chimenea y bajo un amanecer en el que el cielo parecía arder, se preguntó si este era el infierno en el que estaba confinado él.

—Mira Teresa, esa chimenea es igual de lujosa para este paisaje como lo son las de Tarragona. Qué maravilla... — comentó sarcásticamente.

— ¿En serio? – ella alzó una ceja y torció el gesto. — Estoy aquí devanándome los sesos intentado buscar por dónde seguir y resulta que tú, mi única ayuda, estás con una de tus reflexiones y que, por supuesto, nada tiene que ver con esto... — espetó sin apartar la vista del pequeño objeto metálico.

—Todo tiene que ver con todo y, en realidad, nada tiene que ver con nada. – para desesperación de Teresa, Víctor optó por responder con más reflexiones. – Tú, libremente, interpretas que no me implico, cuando la realidad de lo que estoy haciendo es respetar tu espacio y conocimientos, aprovechando para descongestionar mi mente. – respiró honda y sonoramente mientras perdía la mirada en el infinito. — ¿Sabes? Fue Aristóteles quien dijo que cualquiera puede enfadarse, eso es algo muy sencillo. Pero enfadarse con la persona adecuada, en el grado exacto, en el momento oportuno, con el propósito justo y del modo correcto, eso, ciertamente, no resulta sencillo. Ahora dime, ¿Estás enfadada conmigo?

– su media sonrisa, entre encantadora y retadora, hundía a Teresa en la confusión.

—Por supuesto que no, Víctor, discúlpame. – se rindió ella queriendo tranquilizarse y mostrarse menos a la defensiva.

—No te preocupes y dime, ¿Cuál es tu opinión? ¿Qué crees que es ese objeto?

—No lo sé. – Teresa rechinó los dientes con aire de tristeza. — He dedicado toda mi vida a la historia, a las costumbres, la religión… En fin, a conocer nuestro pasado, esa ha sido mi vida, Víctor. – se encogió de hombros con gran resignación, soltando el objeto y estirando el cuello cansada.

— ¿Y qué te preocupa tanto? – Víctor se sintió extraño al verla así, como si tuviera la incontrolable necesidad de consolarla y volver a sus juegos incisivos de siempre.

—Todo, no sé ni por dónde empezar...

—Por donde sea. Intentaré seguirte. – respondió él devolviéndole la figura plateada.

—Vale…bien. – resopló entrecerrando los ojos y queriendo concentrarse. — Pues tenemos una placa grabada por ambas caras. En una de ellas hay una numeración, y en la otra una especie de emblema, un símbolo. Personalmente no lo reconozco, no me suena haberlo visto nunca.

— ¿Y qué es?

—Que es un círculo lo tengo claro. Lo que no sé bien es qué representa exactamente.

— ¿Me lo dejas ver?

— ¿Tú lo has visto antes? — Preguntó Teresa colocándolo ante su ángulo de visión.

—No. Estoy seguro de que no, aunque parece una colmena ¿No? Una colmena dentro de un círculo, aunque con una forma peculiar.

—Pues sí, tienes razón. La verdad es que me he centrado más en la escritura.

— ¿Qué pone? ¿Lo has logrado traducir?

—No. Sé que es numeración babilónica y que son dos cifras, pero no sé cuáles. La verdad es que su sistema era el sexagesimal y es bastante complicado, piensa que cada símbolo tiene un valor y a la vez este valor también depende de su posición. Pero eso no es problema, no te preocupes porque en cuanto lleguemos al hotel será mi prioridad. – aseveró Teresa con algo más de seguridad.

—No me preocupa, confío en ti. — sonrió Víctor. Entonces dime, ¿Cuál es el problema? – insistió de nuevo.

— ¿Problema? Pues básicamente que, a día de hoy, no tenemos tecnología suficiente como para insertar un objeto dentro del granito sin provocar ningún daño en el exterior que pase desapercibido, con lo cual, queda descartada la opción de que sea una modificación actual. Explícame cómo narices ha ido a parar eso ahí dentro, porque yo, o estoy alucinando, o me estoy volviendo loca. – Explicó de forma acelerada, claramente afectada y sin poder evitar alzar el tono de su voz según avanzaba.

—Vale, tranquila. ¿Otra alternativa?

—Sí, claro, que la roca se formara alrededor de la placa, teoría aún más imposible, porque para eso harían falta más años de los que el hombre lleva trabajando el metal.

— ¿Opción 3? — preguntó Víctor con su calma habitual, retando con cada cuestión a una Teresa cuya sesera echaba humo.

— ¡Ninguna! – exclamó perdiendo los nervios. — Tengo entre mis manos una placa gravada, Víctor. – se la puso frente a la nariz como si no la hubiera visto nunca. — Una placa que ha aparecido de dentro de una escultura de hace 3.000 años. En el Paleolítico se grababan huesos con sílex. Los sumerios, el pueblo del cual era capital Babilonia y artífice de esta placa, son el primer pueblo del que tenemos constancia y que coinciden con la época de la estatuilla, solo podían soñar con tallar piedras para hacer gravados sobre arcilla. – hablaba tan rápido que parecía que se fuera a ahogar. — El primer pueblo que desarrolló la técnica del gravado hasta esta precisión lo hizo sobre madera y fueron los chinos hacia el siglo XIII. Hay que esperar hasta el siglo XVI aproximadamente hasta que se lograra hacer este grabado en metal con un buril, una agobia y mucha habilidad.

—Otra posibilidad es que fuera falsa. – sentenció Víctor orgulloso de sí mismo.

— ¿Qué parte de, es imposible insertar esto dentro, es la que no has entendido exactamente?

—Está claro que ninguna. — dijo Víctor encogiéndose de hombros y sonriendo. — Solo daba alternativas, pensaba que tú eras la cómica de los dos, qué decepción.

— ¿Te estas riendo de mí? – Teresa, por primera vez, no estaba para guasas.

—Claro que no, Teresa. Es sólo que después de lo que he visto hasta ahora, perdona si nada me sorprende mucho. Supongo que en el momento que recibí la carta de Eduardo comprendí que poco pasaría que fuese lógico, aceptando que otorgo la facultad de lógicas a aquellas cosas que he aprendido como tal y reconozco con facilidad. Quizá, y sólo quizá, tengamos que limitarnos a intentar saber qué pone y hacia donde nos lleva, en lugar de darle un sentido o cronología que nos sean aceptables y, por consiguiente, lógicas. ¿Qué te parece si lo aparcamos, nos serenamos y luego lo miramos con calma? – propuso mientras invitaba a Teresa a cesar su investigación, aunque solo fuese por unos minutos.

—No hay quien te entienda, pero vale. – aceptó a regañadientes devolviéndole la sonrisa y dejándose contagiar, sin que sirviera de precedente, por la calma y energía serena de Víctor.

— ¡Ya está! Por fin. Bueno, digo por fin, por decir algo. – exclamó Teresa con gesto más tranquilo.

— ¿Ya está? — Preguntó Víctor sorprendido. Llevaba tres horas viendo a Teresa abrir y cerrar búsquedas en el portátil y en el móvil mientras tomaba anotaciones y lanzaba infinidad de improperios que él se había limitado a ignorar sentado en la cama sin atreverse ni a ir al baño. *"Si ya ha terminado...ya puedo mear"*, pensó aliviado. Es curioso cuánto se simplifica el mundo cuando atacan las necesidades naturales. Había desconectado del todo.

—Joder, putos inútiles... — Prosiguió ella mientras Víctor, que se había levantado de un salto feliz por poder orinar, nuevamente se detenía aún más asustado si cabe. Se limitó a mirar con ojillos de cordero el lavabo, sintiendo cierta desesperación. — De haber tenido mi material esto solo me habría llevado unos minutos, pero como dejan a cualquiera colgar contenido en internet luego pasa lo que pasa, pierde una un montón de horas por culpa de la información errónea, de rellenos y datos inútiles que ha colgado cualquier iluminado en su trabajo de instituto.

— ¿Qué dice el grabado, Teresa? — preguntó Víctor intentando calmarla, sabiendo que anteponer sus necesidades fisiológicas en ese momento podía pasarle factura, aunque sin olvidarse de los daños físicos por aplazar la orina más de lo necesario.

—Pues resulta que estaba equivocada, no son dos cifras, son cuatro, aunque solo las dos primeras están claramente separadas de las dos últimas, de ahí mi error, pero como te he explicado, su valor depende de su posición y por descarte solo puedo interpretarlas así: 40/67 y 3/97. – explicó como si fuera lo más sencillo y lógico del mundo.

— ¿Y qué significan? ¿Te dicen algo?

—Pues no, no tengo ni idea, la verdad es que estoy bastante saturada y, aunque sean cifras de lo más evidentes, ahora sería incapaz de relacionarlas con nada. – se encogió de hombros antes de dejarse caer sobre el respaldo del sillón. — Lo siento, pero por el momento me temo que no doy a más. ¡Comer! – estalló de pronto abriendo los ojos de par en par. — Eso es, necesito comer. Además, creo que ya es la hora ¿No?

—Pues son las nueve y cuarto.

—La hora perfecta para cenar entonces, vamos anda, ya seguiremos con esto.

—Si no te importa baja tú, yo la verdad es que no tengo ni hambre. Además, creo que lo justo es que me quede yo trabajando ahora, tú has hecho muchísimo por hoy, te has ganado una cena sin mi compañía. – se justificó Víctor lanzando una sonrisa picarona.

—No me lo puedo creer, ¿El señor cuadriculado se va a saltar una rutina diaria?

—Qué le voy a hacer, me estoy volviendo todo un rebelde desde que me junto contigo. — dijo haciéndose el interesante descaradamente.

— ¡Corta que no te pega! – estalló Teresa entre risas. — Con la ropa inmaculada, tan conjuntadito, tus buenos modales y tus rizos perfectos, lo último por lo que pasas es por un malote. Un malote pijo quizá, pero poco más… — Víctor no pudo evitar ruborizarse, era mucho más tímido de lo que la gente pensaba. — ¿De verdad que me harás bajar sola? — Preguntó Teresa por educación. La realidad era, que lo conocía más de lo que él se pensaba y conocía la respuesta perfectamente.

—Si, tranquila. – reiteró con gesto amable. Y es que en realidad no quería reconocer, por vergüenza, que le sería imposible desconectar, solo podría entenderlo otra persona que padeciera trastorno obsesivo compulsivo él, desde que las conoce sabe que no puede pensar en otra cosa que no fueran esas cifras. Pero lo que sí que tenía claro es que no compartiría con ella tanta información, en realidad y a su modo de ver. Hay información que los demás no deben recibir, si no están preparados seguramente se estará dando lugar a una eterna conversación llena de preguntas ignorantes y de respuestas que no servirán para nada.

—Pues nada, ceno algo ligero y vuelvo.

—También bebe ligero...— murmuró Víctor cuando apenas había salido de la habitación.

—Vas listo. – respondió ella en un susurro desafiante.

Pasadas dos horas, Teresa subió a la habitación dando por sentado que Víctor estaría durmiendo y ella podría descansar. Pero no fue así.

Abrió la puerta y allí estaba él, sentado en aquella mesa con los dígitos delante, inmóvil y concentrado.

—Tranquilo que ya ha llegado el batallón. – le dijo imitando el sonido de la corneta.

— ¿Venís varios? – preguntó Víctor sin dejar de mirarla. — Bueno, claro, tú, el pedo que llevas y... ¿Alguien más?

—Si, por supuesto, tu pedantería, te la habías dejado en el coche y he pensado que la echarías en falta. – respondió de forma afilada.

—Qué graciosa ella y su embriaguez. – Víctor no quiso atacar en demasía, no era momento de devolverle el golpe. Si algo se consideraba era noble y caballeroso. No entraba en sus principios reírse de alguien que se encuentra adulterado. Para él, estar ebrio era terrible pues significa desinhibirse de lo más preciado que tenemos, el tan difícil de encontrar y mantener estado de consciencia. — Pasa anda, tu hoy harás poco más aparte de dormir.

—No, no. Vengo a ayudar. – le reprendió balbuceante.

Y sin dar lugar a discusiones, Víctor se apresuró a ayudarla a prepararse para meterse en la cama y dormir.

—Oh, que mono. — dijo ella mirándole con ojos brillantes. — Si hasta me va a arropar.

—Relájate que es mi obligación, no estoy orgulloso de mí mismo ayudándote por esto. – explicó quitándole los zapatos y recostándola sobre la cama.

Abrió las sábanas con prisa y para cuando alzó la vista, ella ya se había desplomado.

—Vaya mañanita va a tener… — se lamentó en voz baja. — Que irresponsable contigo misma.

Para Víctor el día ya había empezado.

Aseado, vestido preparado y sentado en la silla, observaba concentrado a Teresa desde la serenidad del escritorio. Mientras tanto, ráfagas de ideas pasaban por su cabeza, entraban con tanta fuerza y tanta variedad que le costaba distinguir las reales de aquellas que eran fruto de su estado de nerviosismo y exaltación. Los últimos días estaban suponiendo todo un reto, era normal perder el oremus, al menos eso se decía a sí mismo tratando de volver a la concentración habitual. Cierto es que, cuando sabe dónde ha de estar y a dónde ha de ir, es capaz de manejar adecuadamente su realidad, es capaz de ver enseguida qué idea es la que hay que desarrollar y cual hay que descartar.

¿Qué hago aquí? Era probablemente la pregunta más devastadora que alguien como él podía hacerse.

Y es que tenía la sensación de estar fallando a todos sus principios y, por consiguiente, a sí mismo. Toda su vida había predicado las virtudes de la lógica como algo imprescindible para el ser humano sin la cual, está condenado irremediablemente a ser poco más que una mera herramienta. Toda su vida había defendido el raciocinio, la planificación, la reflexión. ¿Qué nivel de pedantería había que tener para, después de todo esto, lanzarse sin más a una aventura semejante, sin tan siquiera haberse parado a analizarlo de un modo metódico y consecuente? Víctor sentía que había caído en su propia trampa, que era el momento de descongestionarse, de hacer autocrítica. Porque, ¿Qué diría él si otra persona fuese quien le contase las vivencias y decisiones que él mismo había tomado los últimos días? Si no hubieran sido tomadas por él, si las hubiera visto desde fuera en otra persona desconocida, ¿Cómo lo habría calificado?

Sus verdes ojos se nublaron al instante, comprendiendo que la respuesta era muy sencilla... Su vida sin Sara se había quedado perdida y vacía. Cuántas veces habrá predicado que no se puede perder la singularidad, que el amor es una necesidad de las personas simples, que si uno está bien consigo mismo, no necesita a nadie más para sentirse pleno. Siempre había pensado así, siempre había defendido aquella fría creencia.

Entonces, ¿Qué le estaba pasando? Le resultaba imposible la idea de que alguno de los grandes filósofos de la antigüedad se encontrase en la tesitura de hallarse sentado llorando por una mujer en una aventura claramente suicida. Aquel era un sentimiento demasiado emocional y descontrolado para alguien así. ¿Qué había hecho mal para llegar a ese punto? ¿En qué se había descuidado? ¿Cómo había pasado a valorar tan poco su tiempo y su vida?

Su lógica habría sido la de desentenderse, después de todo, solo se perderían cuatro vidas, pero con sus actos, si algo salía mal, también corrían peligro su vida y la de Teresa. Aquel pensamiento le produjo escalofríos, "qué insensible puedo llegar a ser", se reprendió en silencio.

¿Puede que este sea el problema? Estoy tan preocupado restándole importancia y peleándome por racionalizar lo que ha pasado para no sufrir, que me estoy negando a mí mismo la posibilidad de sentir ningún tipo de emoción. Busco evitar sentir siquiera tristeza. ¿Quizá sea porque todo lo que es emocional en mí me recuerda a Sara? ¿Y si no es necesidad? ¿Y si todo se simplifica a que me gustaba tener de compañera a alguien que me aportaba tanto? Ella era todo lo que yo jamás podré ser… No pudo evitar sonreír entre sus propias y prolongadas reflexiones. Y es que, además, ella lo hacía fácil, con lo que me cuesta a mí todo lo emocional, y ella lo hacía fácil.

Debo dejar de avergonzarme y admitir que, si he decidido ayudar a Eduardo, no ha sido por el afecto que le tengo, sino porque Sara no habría dudado en hacerlo, por eso estoy aquí. Son los rescoldos de ella que hay en mi persona Sí, por eso estoy aquí... sus pensamientos iban animándose ligeramente después de aquella montaña rusa.

— ¡Por eso estoy aquí! — Exclamó aliviado, haciendo que Teresa diese un respingo en la cama.

— ¿Qué pasa? – preguntó frotándose los ojos.

—Ya era hora, son casi las once, señorita. – saludó Víctor con repentina calma y buen humor.

—Uf... — resopló llevándose las manos a la dolorida cabeza. — Déjame tranquila, por favor. No abusarías de mí anoche ¿Verdad? — lanzó la pregunta al aire dejando a Víctor postrado en la silla, más ruborizado que la noche anterior.

— ¿En serio? ¿Ese es el primer razonamiento de tu día? De verdad que eres increíble, me tienes desconcertado, no acierto a adivinar si lo tuyo es agudeza mental o verborrea. – atacó con elegancia.

—Era una broma hombre, no me regañes de buena mañana que no me encuentro bien. Qué dolor de cabeza... — se arrastró por la cama huyendo del sol. — ¿No podías abrir más la ventana verdad?

—Ostras, perdona si te he molestado dejando que se haga de día, no evitando que salga el sol y esperando aquí sentado a que duermas la mona.

Teresa al escuchar estas palabras y, sobre todo, el tono risueño que se podía leer en las expresiones de Víctor alzó la cabeza junto a su ceja derecha y fijó su mirada en él como si quisiera leerle el pensamiento.

—Me he perdido algo, ¿Verdad? – concluyó tras unos segundos de reflexión. Él se encogió de hombros. — ¿Estas menos amargado que de costumbre o es cosa mía?

—Bueno, he ordenado cuatro ideas, pero no creo que lo entiendas, y menos tal y como estas ahora, además, he resuelto las cifras mientras tú dormías la cogorza.

— ¿Qué? — saltó de la cama con los ojos como platos. — ¿Cómo que lo has resuelto? ¿Qué son? ¿Por qué no me has despertado antes? – las preguntas se atragantaban en sus labios.

—Son coordenadas geográficas. – hizo una pausa misteriosa. — Y no te he despertado porque necesitaba estar solo, ¿Alguna otra pregunta?

— ¿Coordenadas geográficas? Explícate. – tras alisarse el pelo con las manos, se acercó a la mesa.

—Vale, después de darle muchas vueltas, comprendí que el símbolo grabado era igual de importante que los números.

— ¿Cómo? — interrumpió ella con gran impaciencia.

—Si me dejas que siga lo entenderás enseguida. No le encontraba solución, hasta que he recordado lo que decías, que nada tenía sentido, que todo en sí era un despropósito temporal. El símbolo, es un círculo con una colmena de forma peculiar, tan peculiar que me resultaba familiar, y tanto que lo es, es Pangea, Teresa. Es una representación del globo terrestre tal y como era hace 335 millones de años. Es una locura, lo sé, el conocimiento de que los continentes fueron solo uno es muy reciente y no tiene sentido que aparezca representado aquí, pero es la realidad, quien hiciera esto, lo sabía. – finalizó ante una sorprendida Teresa que comenzaba a aprisionar su brazo con fuerza.

—Aunque fuese así, ¿Qué tiene que ver con coordenadas?

—Qué impaciente eres. — contestó con aire chulesco y orgulloso de sí mismo. — Podría hacerte la instalación de unas placas solares en tu casa, tengo titulación para ello y para darte de alta todos los permisos, ¿Lo sabias? – ella le fulminó con la mirada. —No estoy divagando mujer, intento explicarte mi razonamiento. Todo en sí es una pista. Las coordenadas geográficas son la latitud y la longitud. La primera es resultante de la medida angular entre cualquier punto y el ecuador, la longitud, sin embargo, se mide a través del meridano de Greenwich. Ambas vienen dadas en grados y medidas trigonométricas, entonces, cabía la posibilidad de que por eso no consiguieras resolver del todo las cifras, es porque hay decimales. Entonces, tiene sentido si deducimos que estamos ante una pista que nos conduce a 40,67 y 3.97 grados sobre la tierra. Como te decía, para obtener la titulación, es importante saber la orientación e inclinación adecuadas en las que instalar las placas, esa fue la tercera pista. Dijiste que el tipo de escritura utilizado es el babilónico, y que este tipo era conocido por sexagesimal, ¿Me sigues? — preguntó al ver que Teresa se estaba perdiendo y negaba con la cabeza de forma compulsiva. – Sí, mujer, mira, ven, que es fácil. – la invitó a acercarse un poco más.

—Pero ¿Esto qué es? – aunque lo intentaba, Teresa estaba más desorientada que nunca, no sabía si era la resaca o la enrevesada forma de explicarse de Víctor. Tenía delante de sus narices un galimatías de números incomprensible. — ¿Pero tú no eres de letras? – miró a Víctor con una mueca de rabia.

—Sexagesimal era la tercera pista, así es como se llaman los valores de longitud y latitud expresados en grados, minutos y segundos. – continuó ignorando los reclamos de su interlocutora. — Y es más fácil de lo que parece, solo hay que restar la parte entera y pasarlo a minutos. Restar la parte entera y pasarlo a segundos, quedándonos siempre con la parte decimal, claro. — iba narrando a la vez que señalaba con el dedo recorriendo su hoja de cálculos. — En resumen, aquí es a donde tenemos que ir: 40 grados, 12 minutos 0 segundos. — concluyó orgulloso ante la atónita mirada de su compañera. — Solo hay un problema.

— ¿Problema? ¿De verdad has encontrado algún problema? — dijo con tono irónico.

—No tenemos referencia de si son valores en negativo o en positivo.

— ¿Y qué más da eso? — preguntó totalmente ignorante Teresa.

—Hombre, pues da como que miles de kilómetros de diferencia…

—Perdona, perdona… — se disculpó reconociendo su desconocimiento.

—Me es totalmente imposible saber de qué cuadrante estamos hablando, así que, a efectos reales, nos encontramos ante cuatro posibles localizaciones sin saber cuál es la que necesitamos, separadas entre sí por miles de kilómetros.

— ¿Qué dices? ¿Qué vamos a hacer, Víctor? – Teresa comenzaba a agobiarse, tener resaca tampoco le era de mucha ayuda en ese momento.

—Bueno, empezar por una y continuar, supongo que no nos quedan más opciones.

—Joder, ¿Y por cuál? – Teresa se estaba irritando con la aparente calma de Víctor.

—Bueno, he utilizado tu ordenador, necesitaba consultar el GPS. Tenía pensado empezar por la más cercana, algo me dice que no es casualidad que estemos tan cerca de ella.

— ¿Cerca? ¿Cómo de cerca?

—Según el GPS, estamos a 50 km. Tenemos que ir a Moralzarzal.

Uno, dos, tres, cuatro. Cuatro, tres, dos, uno. Uno, dos, tres, cuatro... Pulgar contra índice. Pulgar contra corazón. Pulgar contra anular. Pulgar contra meñique. Pulgar contra meñique y vuelta a empezar.

Teresa miraba la mano de Víctor mientras él, totalmente ajeno y en un gesto involuntario, llevaba su dedo pulgar velozmente y en orden por cada uno de los dedos de su mano derecha, golpeando dos veces el dedo final, para volver a iniciar una práctica que tenía a Teresa totalmente hipnotizada. Le resultaba difícil centrarse en conducir mientras escuchaba a Víctor murmurar una y otra vez lo que andaba camino de ser una eterna canción. Uno, dos, tres, cuatro. Cuatro, tres...

— ¿Qué haces? —se atrevió a preguntar al fin con sincero interés.

—Mirar el paisaje ¿Por qué? —contestó Víctor intentando disimular su nerviosismo. Aquel ritual no era sino una más de las rarezas que le acompañaban gracias al trastorno obsesivo compulsivo que padecía. Era posiblemente la que menos le gustaba, la más involuntaria de todas, la que necesitaba extraer de él cada uno de sus sentidos para llevarse a cabo. Este era el único tic que se producía cuando su nivel de estrés estaba rozando el límite.

— ¿Cómo que mirar el paisaje? Lo que hacías con la mano… —Teresa señaló sus manos afilando la mirada. —Por un momento he pensado que volvías a cantar.

— ¿Cantar? Me has oído una vez y gracias, no soy muy cantarín, la verdad.

—Pues no lo haces nada mal. Bueno, seguro que ya lo sabes y te gusta que te lo digan ¿Verdad? —afirmó pensando que había descubierto algo nuevo en Víctor, sin percatarse, sin embargo, de que él había logrado su objetivo, que no consistía más que desviarla por completo de la pregunta inicial.

— ¡Para! —Exclamó Víctor mirando el GPS del coche—. ¡Es aquí! —Teresa, que había estado únicamente pendiente de Víctor y de la carretera, se sobresaltó ante la reacción inesperada y exaltada—. ¿Cómo que es aquí? —sorprendida, trataba de sobreponerse del susto—. Estamos en mitad de la sierra, ¿Cómo va a ser aquí? Uy no calla, que allí en el quinto pino hay una casa, preguntemos si saben algo sobre una chapa metálica con un grabado—. Añadió burlándose de

116

Víctor y contemplando en derredor con fingido escrutinio.

—Sería fantástico que lo supieran—. Contestó él con su postura de indiferencia habitual.

—Nos harás perder el tiempo por aquí antes de admitir que te has equivocado ¿Verdad? —alzó una ceja con ínfulas de superioridad.

— ¿Equivocarme? —Víctor lanzó su sonrisa más chulesca del catálogo—. Sabes que eso no es posible ¿No? Te he explicado claramente que pueden ser cuatro localizaciones, pero te aseguro que no me he equivocado. Aunque bueno...—titubeó un segundo— es posible que no sea esta. ¿Pero sabes una cosa? La simple duda, ofende... —finalizó con gran elegancia.

— ¿La duda ofende? —esta vez Teresa alzó ambas cejas y se cruzó de brazos. Él, al escucharla, arrancó con una de sus no siempre bien miradas ni apropiadas observaciones.

— ¿Sabes qué va muy bien para las réplicas? Hacer el femenino o el masculino, por ejemplo, hubiera sido más evidente tu queja si hubieras dicho: qué duda ni dudo. Prueba tú, ya verás... —prosiguió, como siempre, totalmente ajeno a lo inapropiado de sus comentarios.

—También funciona añadir un insulto—. Puntualizó mirándole con cierta dulzura—. La ofensa se hace muy evidente de esa forma. Busquemos, anda—. Bajó del coche y respiró hondo, haciendo acopio de paciencia.

Teresa empezaba a comprender que aquello por lo que llevaba años detestando a Víctor no era justificado. Hasta ahora no había sido consciente de todas las limitaciones y carencias que lo constituyen. Y que, en ellas, no había maldad ni perversa intención.

Los problemas solo se hayan en la cabeza de uno al esperar comportamientos en los demás que no son realistas o que no cumplen nuestras altas expectativas.

"Perfecto, ahora razono como él", se lamentó para sí misma.

— ¿Y qué buscamos Víctor? —preguntó, más que por curiosidad, para detener su cabeza. Pensar no puede ser tan bueno si no mira las consecuencias, se dijo mientras miraba a Víctor bajar del coche visiblemente incómodo al tomar contacto con la vegetación.

—Pues francamente, no tengo ni idea. Venía pensando en ello por el camino y he llegado a la conclusión de que es el tipo de cosa que no sabes que buscas, pero sin embargo sabes que lo es cuando lo encuentras.

—Si la esfinge de Tebas hubiera tropezado contigo se habría suicidado, la pobre—. Bromeó Teresa mirándole desde el otro lado del matorral.

—No, me habría matado—. Aseguró Víctor sin comprender la burla. —Yo jamás habría resuelto la adivinanza, era demasiado rebuscada.

—Pues si es rebuscada para ti… —murmuró ella mientras se alejaba del coche.

Pasaban los minutos y no encontraban nada. Se observaban, cada vez más alejados, perdiendo la esperanza con cada cruce de mirada, pensando que lo único que descubrirían sería que el otro no había encontrado nada.

Ya llevaban más de dos horas de investigación campestre. Habían inspeccionado cada piedra, cada árbol, rebuscado entre la maleza, pero la esperanza que cada uno de ellos guardaba en su interior se había disipado en cada paso andado.

Víctor se desconcentraba agotado, pensando en la sed que tenía. Ya no podía más y esa era la excusa perfecta para parar. Su nivel de frustración estaba llegando al límite. Su tesón no tenía final, pero si algo no soportaba era sudar en exceso, el polvo, los bichos y despeinarse. Aquella situación reunía todas las características para terminar de hacerle perder la calma. A paso ligero e intentando disimular su enfado emprendió su marcha hacía el coche.

—Tengo sed. —aseguró sin mirar atrás mientras aceleraba el paso.

Teresa, que estaba centrada buscando hasta en el último recodo de su zona, al ver a Víctor abandonar su búsqueda y emprender la marcha hacia el coche, decidió que ella también se merecía un descanso.

—Vaya pintas llevas—. Comentó con guasa al ver a Víctor, queriendo romper el tenso ambiente que parecía rodearle. Mientras se dejaban caer extenuados sobre el frontal del coche, Teresa continuó con sus ironías —. No volveré a verte en este estado nunca más ¿Verdad? Ahora que caigo, es que no te he visto despeinado ni por la mañana. ¿No es un poco ilógico? —Prosiguió indagando en su razonamiento.

— ¿El qué?

—Que alguien que predica tanto el saber vivir, el saber pensar en las cosas que son relevantes de la vida, sea tan esclavo de su aspecto físico.

—Ya…Comprendo—. Respondió secamente.
—Bueno, tienes un razonamiento, pero no la conclusión acertada.

—Vaya, ya la he liado con la preguntita, sermón que te crio—. Resopló Teresa apoyando sus manos sobre las rodillas y dejando caer todo el peso hacia delante. Mientras, él se arrancaba a contestar lo que había entendido como una pregunta para nada retórica. Víctor estaba comenzando su monólogo cuando, sin tiempo a terminar la primera frase, Teresa agarró su pierna interrumpiéndole y llamando su atención con un gesto emocionado surcándole el rostro. Acto seguido, casi a cámara lenta, y señalando con el brazo hacia sus pies quedó muda.

Víctor había sido demasiado preciso en la localización y, algo que pasaría desapercibido para cualquiera, no podía pasar inadvertido para alguien tan acostumbrado a ver runas como ella. Y es que, pese al daño que el tiempo y los elementos habían hecho en lo que quiera que fuese aquello, Teresa era capaz de identificarlo.

—Lo encontramos. ¡Eres un genio! ¡Lo clavaste con los cálculos! —Dijo mientras se apresuraba a mover el coche, queriendo desplazarlo unos metros para dejar a la vista lo que parecía ser un grabado en el suelo. Víctor únicamente alcanzaba a permanecer allí, mirando sus pies. Le resultaba difícil guardar el control y no lanzarse compulsivamente a limpiar sus zapatos y volver a disponer los cordones. —Bueno ¿Qué es? —pregunto Teresa jadeando mientras regresaba donde estaba Víctor, el entusiasmo repentino que la invadía casi le cortaba la respiración.

—No lo sé—. Respondió un desconcertado Víctor que volvía al mundo del resto de los mortales mientras se alejaba de la pesadilla de haberse ensuciado el calzado.

— ¿No has hecho nada? Aparta o te ensuciaré más. Hay que limpiar todo lo que la runa ha tapado para ver bien qué es lo que tenemos aquí—.

con decisión Teresa clavó su pie en el suelo y, arrastrándolo, levantó toda la arena que encontraba a su paso, siguiendo el camino que poco a poco dejaba ver un dibujo, cada vez más rápido, cada vez más entusiasmada hasta terminar. Cuando lo hubo terminado y el dibujo se encontraba totalmente al descubierto en el suelo, únicamente pudo hacer una cosa, mirar a Víctor y exclamar—. ¡SÍ, hombre! ¡Venga ya! ¡Lo sabes!

— ¿Qué es? —seguía perdido.

— ¿No lo reconoces? Deberías, la primera vez que se hizo referencia a la ciudad a la cual representa este emblema, bueno, que tengamos constancia claro, fue Platón.

— ¿La Atlántida? Preguntó Víctor con ironía. Eso es un cuento para niños y lo debes saber mejor que yo. En primer lugar, no hay ninguna prueba de su existencia, bueno, creo que con ese argumento necesito pocos más. Que Platón hablara de ella en los diálogos de Timeo y Critias no certifican su existencia. Fue un recurso literario que se ha visto alimentado por leyendas con el paso de los años, nada más. Reconozco que la idea de su existencia es incluso romántica, pero solo otro pequeño detalle, se supone que se hundió en el mar, no en la sierra de Madrid——argumentó con escepticismo.

—No te quito razón. Pero los textos que se escribieron posteriormente, a partir de leyendas o no, la describen así, una ciudad separada por dos canales circulares de agua y uno central. Personalmente, siempre he pensado que su existencia bien puede ser posible, no tal cual a la descripción, pero sí correspondiendo a una civilización, digamos avanzada—. La mirada de incredulidad de Víctor aumentaba por segundos, haciendo un terrible esfuerzo por no ser grosero con su compañera de viaje.

—De acuerdo, sea o no, dejemos eso un lado y centrémonos—. Dio un paso al frente y se aproximó al círculo central.

—Creo que ahí hay algo. —estaba claro que él no tenía pensado ponerse a escarbar en el suelo. Presta, Teresa alcanzó una rama del suelo y, sujetándola con las dos manos, se dispuso laboriosamente a trabajar en aquella capa de tierra que, aunque superficial, estaba endurecida. La forma grabada en la piedra no suponía ningún misterio para ellos a esas alturas, habían pasado horas mirándola para descifrarla, era el mismo gravado que tenía la chapa del interior de la figura. —Habrá que ponerla ahí ¿No? — intervino Víctor.

—Supongo. Imagino que ahora reflejará y nos marcará el lugar en el que está el tesoro de Nefertari. Aparta un poco... —Dio un paso atrás sin protestar mientras miraba alrededor esperando la señal.

—Pues no, va a ser que no—. Sentenció Víctor resignado. — Yo no veo nada.

—Es que no termina de entrar, la roca está muy erosionada… — se aquejaba Teresa mientras se esforzaba en hacer encajar la piedra.

— ¿Me dejas probar? Total, llevo los zapatos hechos una pena. —se encogió de hombros haciendo pequeñas sus manías. Teresa le cedió el turno, mientras él alzaba su pierna izquierda para terminar golpeando el objeto con todas sus fuerzas. Se miraron nuevamente, luego el suelo. Nada. —Es culpa mía. La clave para el éxito es la convicción. —el semblante de Víctor cambió y se convirtió en uno lleno de ira que lo hacía irreconocible. Alzó nuevamente su pierna, impactando sobre la chapa y llevándola hasta el fondo de la ranura y más allá.

Atónito y sin tiempo de celebrar su logro, veía cómo sus piernas se abrían paso entre los escombros que se generaban a su alrededor.

La tierra los engullía a los dos mientras no podían hacer más que gritar.

CAPÍTULO 15: Soldados

Solamente alguien que ha sufrido mucho re-
conocería aquel olor con tanta facilidad. Un olor
que, pese a ser tan único y personal, pocos saben
que existe si quiera, ¿Cómo lo iban a identificar?
Mezcla de vida y muerte que deja al descubierto
nuestra parte más animal, pero a su vez, casi
predominando, lo que cala en uno mismo al sangrar es descubrir que tu sangre, tu interior, hue-
le a metal.

De todos nuestros sentidos, el olfato confor-
ma quizá el más peligroso, es el que tiene la habilidad de conectarnos directamente con nuestra
memoria, con todo aquello que hemos sido. Pe-
lea, lucha, supera cualquier reto que te plantee la
vida, pero con solo inhalar una vez, te trasporta-
rás sin querer en un instante aquel lugar, a aquella persona, a aquel sentimiento que con tanto
empeño y tiempo quisiste olvidar.

Y fue así como, mientras la tierra parecía crecer, el peor momento de su vida se estaba volviendo a materializar. El temor a ver lo que le
rodeaba era mayor que la curiosidad por abrir

los ojos y descubrir qué había pasado. Totalmente ajeno a que la decisión de volver en sí no dependía de él, Víctor se esforzaba por mantener los ojos cerrados, presionando los párpados con tanta fuerza como le era posible mientras su memoria jugaba libremente con él.

Poco a poco y sin entender nada, salía de esa pesadilla en la que apenas llevaba unos segundos sumido, aunque a él se le habían antojado minutos agotadores e interminables. Se encontraba frente a una mujer hermosa. Grandes ojos marrones que lo miraban con preocupación, pelo castaño y una asimetría facial que, analizada tan de cerca, era simplemente perfecta. La elevación justa de los pómulos, el mentón perfectamente marcado y la nariz redondeada. *"Qué guapa está cuando no habla"*, fue su primer razonamiento acallando una leve sonrisa. Teresa lo inspeccionaba de arriba abajo llena de preocupación. Trató de acercarse a él.

— ¿Víctor? —musitó aliviada al ver que habría los ojos. —Qué susto me has dado—. Balbuceó nerviosa.

— ¿Qué ha pasado? —preguntó desorientado.

—El suelo se ha venido abajo y tú con él—. Aclaró señalando hacia arriba. —Has tenido una buena caída. Por un momento incluso te he perdido de vista.

— ¿Tú estás bien? —aunque entendía la explicación y miraba en derredor, seguía sin comprender con claridad lo que había ocurrido.

—Yo sí. He bajado por las escaleras.

— ¿Cómo que por las escaleras? —repentinamente, Víctor salió de su ensimismamiento.

—Sí, mira... Ahí hay unas escaleras, creo que el día que se construyó estaba pensado para activar un mecanismo de apertura. Pero creo que es innecesario que te diga que se ha venido abajo. Soy una chica con suerte. —sonrió con cierto compungimiento.

—Hay decenas de tratados acerca de la suerte—. Respondió Víctor tranquilizando así a su compañera, que ya intuía que algo de él volvía a su ser—. Bueno, o la providencia, como la llamaban. La conclusión que se evidencia de todos ellos...—Víctor hizo el gesto de incorporarse, pero Teresa se apresuró a detenerlo.

— ¿Qué pasa?

—Es mejor que te quedes un rato quieto y no me discutas, por favor. Tienes una brecha muy grande en la cabeza. Ni te has percatado de que llevo presionándola desde antes de que volvieras en ti, entenderás que no estás para incorporarte—. Ordenó mientras levantaba el pañuelo para inspeccionar la herida. —Te va a quedar una buena señal, pero parece que va dejando de sangrar. Qué susto me has dado... —resopló nuevamente negando con la cabeza—. Pensaba que te matabas. ¿Puedes mover todo el cuerpo? Prueba poco a poco y, si vemos que estás mejor, te incorporas. Menos mal que no puedes verte—. Dijo aliviada al ver que se encontraba bien.

— ¿Por qué? —preguntó comenzando a preocuparse.

—Estas muy sucio—. A Teresa se le escapó una carcajada—. Se me hace raro verte así. Además, por si fuera poco, la sangre es muy escandalosa. Estás llenito de sangre con arena pegada. He intentado limpiarte, pero no paraba de salir y creo que lo he empeorado.

—Bueno, sigo teniendo un palazo ¿Verdad? —dijo valorando la preocupación de Teresa y animándose a realizar un comentario divertido.

—Sí. Un rizo para cada lado, pero un palazo. —afirmó sonriente—. ¿Probamos a levantarte?

Víctor, animándose a intentarlo, se sujetó con confianza y fuerza a las manos extendidas de Teresa.

Con menos esfuerzo del que cabía esperar, se puso en pie y, cuando su vista logró superar la figura de Teresa, se quedó petrificado ante ella, con la vista pérdida al frente y sin mediar palabra. Ella al ver su reacción, en un movimiento natural volvió la vista para descubrir que no estaban solos y allí, ambos de pie, quedaron totalmente fascinados ante la nueva realidad que se desnudaba ante ellos.

Para ella era sin duda el momento más emocionante de toda su vida. Había iniciado la aventura buscando un tesoro egipcio y había encontrado algo mucho mejor.

— ¿Son de piedra? —quiso saber Víctor. No era un experto en arqueología, pero cualquiera reconoce al ejército chino de terracota. Aunque estos eran diferentes, su ornamenta era real.

—En todo caso serían de cerámica—. Aseguró Teresa sin salir de su asombro.

Ante ellos, y con la certeza de ser los primeros en entrar allí desde hacía mucho tiempo, se encontraba todo un ejército dormido que parecía haber sido creado para permanecer en perfecta quietud, esperándoles.

Teresa se había afanado tanto en curar a Víctor que no se había percatado de que aquella sala no era una entrada, sino la morada de miles de soldados, tantos, que la vista no alcanzaba a ver el fondo y mucho menos a contarlos.

Pero allí estaban, de pie, en formación con sus armas y armaduras todavía relucientes y en perfecto estado. Ninguno de los dos pudo resistirse a acercarse a ellos.

—Pero estos son diferentes ¿No? —Víctor seguía dudando sobre lo que veían sus ojos.

—Y tanto que lo son respondió Teresa mientras los inspeccionaba. A estos no los hicieron cientos de miles de artesanos, a estos los hicieron sus madres, y alguien los enterró vivos—. Aseguró con pasmosa contundencia. — ¿Cómo? —Víctor, que andaba hurgando entre los ropajes de lo que creían que eran esculturas, quedó con las manos al aire totalmente asqueado, sus brazos parecían las ramas de un árbol inerte que no sabe hacía que lado morir. Inmediatamente introdujo la mano derecha en su bolsillo delantero y rebusco nervioso en él hasta dejar entrever un pequeño bote que roció sobre sus palmas para comenzar a frotarlas frenéticamente, casi con violencia.

— ¿En serio? —fue todo cuanto acertó a decir Teresa al verlo—. ¿Ahora te vas a desinfectar las manos? —pensaba seguir riéndose de él, pero el sufrimiento latente en la cara de Víctor lo imposibilitaba. Cuando vio que su compañero comenzaba a relajarse prosiguió con naturalidad. —He de admitir que el nivel de conservación es excelente. Cuando de el aviso para que trabajen aquí y hagan estudios ya determinarán a qué se debe. Casi siempre es debido a algo casual y lo atribuimos a avances prodigiosos de la época. Los soldados de Terracota, por ejemplo. Las armas estaban en perfecto estado después de veintiún siglos. Se estudiaron a fondo para ver los avances que les habían llevado a tal proeza, y han terminado concluyendo que, al disiparse el cromo de la capa de esmalte de la pintura, el alto contenido en estaño y las propiedades de las rocas de la fosa, una mezcla aleatoria de factores, son las que han evitado la corrosión. Algo totalmente casual, así que no voy a entrar en materia. Simplemente es, sin duda, un gran descubrimiento. — concluyó a la par que caminaba hacia la tumba.

—Mira allí. — dijo Víctor, reclamando la atención de Teresa señaló hacia un lado, aunque dejando claro que no tenía pensado tocar nada más. —Hay uno en el suelo. El pobre debió de escapar, pero no llegó muy lejos.

Cada uno de los soldados estaba colocado grácilmente sobre un pequeño pedestal, algunos más altos que otros, por lo que pensó que no se trataba de un hecho casual. La postura, la armadura y las armas eran diferentes según la altura a la que estaban colocados. La deducción fácil y simple era que dependía del rango que ocupasen dentro de aquel ejército. Teresa se agachó para inspeccionar el cuerpo que yacía en el suelo. — Es muy interesante... —murmuró casi absorta.

— ¿El qué?

—El resto de los soldados están impecables, tanto en la postura como en la vestimenta. Sin embargo, este fue asesinado. Aquí se ven claramente grandes heridas—. Sin pudor alguno, trató de hurgar debajo de la armadura.

—Vaya…Es verdad. Entonces, si logró liberarse, ¿Quién lo asesino? Estoy buscando y no encuentro ningún otro pedestal vació, ¿Quieres decir que era uno más?

—Sí, era uno más. Aquí está el pedestal vació anunció casi con entusiasmo ella, y, además, no fue el único. —Teresa se mezclaba entre aquellos cadáveres como si de simples estatuas se tratase. — Pobre diablo que se arrepintió, allí al fondo veo bastantes más en el suelo. Espera, no puede ser…—Tremendamente agitada, empezó a pasar velozmente de un soldado a otro mientras negaba con la cabeza.

— ¿Qué es? —a Víctor empezaba a matarle la curiosidad.

—No están atados porque alguien los colocara aquí y los dejara morir, fíjate en este estandarte vacío. Todos están sujetos a un soporte, pensaba que era para que no escapasen, pero mira, es para mantener la posición erguida al morir. Tienen los brazos libres, podían haber salido todos y se quedaron ahí, esperando morir de sed o hambre. Lo único que les importaba era mantener la posición, y lo que está claro es que no permitieron que aquel que se arrepentía pudiera huir—. Conforme narraba aquella suposición,

Teresa sintió un estremecimiento que pareció contagiarse a su acompañante.

—Es lo más dantesco que he visto y oído en mi vida. No puedo imaginarme qué tipo de civilización permite algo así. ¿Cómo es posible someter a tantísimos hombres de esta manera? ¿Tienes constancia de alguna civilización con este nivel de sumisión? Preguntó Víctor atento.

—Estoy tan sorprendida como tú. ¿A que ahora la teoría de la Atlántida no te parece tan descabellada? —preguntó torciendo la boca.

— ¿Otra vez con eso?

— ¡Mira bien a tu alrededor y deja de negar lo obvio con tu afán de escepticismo! —Exclamó sobresaltada y acelerando el ritmo del discurso. Al hacerlo, su voz resonó rompiendo la calma de todas las salas—. No hay que ser un experto para ver que esto no se construyó ayer, lleva varios siglos sepultado. Sin embargo ¿No ves nada extraño en las paredes? —Víctor pasó a analizar el entorno, esta vez, con más detenimiento.

—No sé…—se encogió de hombros analizando palmo a palmo de la sala—. Parece… No es piedra ¿Verdad? Opinó Víctor tímidamente.

—Yo diría que es algún tipo de metal. Hoy, con la tecnología que tenemos, no creo que fuese posible realizar esta construcción y con estos materiales. Eso, por un lado—. Puntualizó despejándose los mechones rebeldes de su frente y

133

enumerando con las manos—. Por otro lado, no había visto jamás este tipo de armaduras, no se asemejan a las de ninguna civilización antigua, ni las he visto en grabados. Pero, Víctor, no me negarás que parece un ejército del futuro. No son arcaicos ni rudimentarios, aquí dentro, alguien en el pasado enterró el futuro.

—Bueno, la verdad es que viendo lo que estoy viendo y teniendo en cuenta cómo hemos llegado hasta aquí…No me veo en posición de negarte nada. —terminó por rendirse.

—Es que es asombroso, Víctor. —reiteró ella con los ojos encendidos, caminando de un lado para otro. —No hay iluminación. El pulido del metal de las paredes y el de las armaduras iluminan la sala haciendo rebotar la luz.

—Es verdad, no me había fijado, pero es verdad, claro. Es tan homogéneo que ni había reparado en ello. No puede ser… —alzó la vista y contempló el techo—. Esto sí que lo he visto antes. Ese cielo es el que hizo pintar Ramsés segundo para Nefertari. ¡Qué hermoso! Está intacta…—suspiró doblando el cuello.

—Tienes razón, el dibujo es exactamente igual. Joder, cada vez tengo más ganas de saber que está pasando aquí. Sigamos, Víctor, tenemos que encontrar al comandante de este ejército y es posible que así consiga ubicarme. No logro entender nada. Es posible que existiera, vale, no como la Atlántida, pero ¿Es posible que existiera una civilización con unos avances tecnológicos que incluso hoy no hemos llegado a alcanzar? No tiene otra explicación todo esto—. Teresa seguía con sus análisis mientras aceleraba el ritmo de sus pasos. —No entro en leyendas ni recursos literarios como tú lo llamas, son hechos, Víctor, mira dónde estamos y dame otra explicación.

—No puedo. Créeme que me estoy devanando los sesos para buscar otra alternativa, pero no puedo—. Apenas había terminado la frase cuando, al llevar la vista al frente, se dio cuenta de que Teresa había seguido sin él.

—Vamos Víctor, allí parece que empieza otra sala.

— ¿Más soldados? Es increíble, estamos nadando entre cadáveres, no estoy nada cómodo, sé que no van a hacer nada, pero es muy intimidante y repulsivo, sobre todo repulsivo.

—Cada vez más—. Respondió Teresa. —Es la finalidad de todo aquel que se ha hecho construir semejante mausoleo. El miedo, para que nadie perturbe su paz. Pero ¿Hacia dónde miran? Lanzó. No veo nada diferente, pero sin embargo cada uno mira hacia un lugar diferente que el resto—. Concluyó dirigiendo su mirada hacia el mismo ángulo de visión que la mirada inerte de uno de los soldados.

—Si están en formación, estarán vigilando todos los flancos ¿No? No tendría sentido que todos mirasen al frente. —reflexionó Víctor tímidamente.

—Es posible que tengas razón, sigamos.

—Esto es enorme, aquí dentro deben caber diez campos de futbol por lo menos…

—No lo sé—. Respondió cortante una Teresa en quien la paciencia no destacaba como uno de sus fuertes. —Vamos Víctor, no te quedes atrás. —y siguió caminando con paso decidido e inquieto, con los nervios a flor de piel, como una niña que comete travesuras, que incumple las normas, que sale de la cama en la mágica noche de reyes. — ¡Por fin! —gritó con tono anhelante—. La última sala, ya no hay más puertas. Fíjate, las armaduras son diferentes y su formación también. Hasta ahora todos estaban en formación rectangular perfecta, con los altos mandos cada vez en un pedestal más alto. Estos, sin embargo, aunque también de forma escalonada, lo hacen formando un círculo, pero no consigo ver quién hay en lo alto—. Añadió mientras intentaba divisar entre la gran barrera que formaban. — sin duda, están custodiando algo. Pasemos con cuidado—. Aconsejó adentrándose poco a poco entre lo que estaba claro que era la guardia personal del emperador. Víctor, sin opciones, siguió los pasos de Teresa como si del niño más obediente del mundo se tratase.

—Lo de pararnos a valorar y analizar peligros no entra en tus planes ¿No? —Víctor hacía malabares para no dañarse con las afiladas armas. Pero Teresa, que ya había visualizado su objetivo, estaba imparable.

Y allí estaban, una experta en civilizaciones antiguas que se encontraba totalmente desorientada, y un profesor de filosofía que había terminado maltrecho y sin saber qué estaba pasando. Lo que se había iniciado como la búsqueda de algún tipo de tesoro que era necesario para salvar la vida de su mentor y amigo, estaba culminándose como una epopeya digna de Homero.

Al fin, tras el estrecho y húmedo recorrido, se hallaban ante el trono.

— ¿Quién es?

Ante ellos, el artífice de todo aquello, la persona por la que miles decidieron morir de una de las formas más horrendas que alguien pueda imaginarse. El horror, la hambruna y la sed que tuvieron que experimentar mientras morían, observando cómo sus compañeros perecían antes que ellos, preguntándose quién sería el siguiente en caer. La desesperación de los que intentaron escapar, la frialdad que aun calaba el ambiente. Para Víctor era imposible comprender aquella civilización, era sectario. Ninguna civilización que se precie regalaría así su vida por un líder, lo que las hace fuertes como naciones es precisamente la singularidad de cada uno de los miembros que la ocupan, su dedicación para con los demás partiendo de un beneficio mutuo. No sabía quién eran, pero sí sabía que no había sido un pueblo sabio.

Después de lo ostentoso y la puesta en escena de todas las salas, resultaba paradójico el hecho de que el trono y su ocupante carecieran de adornos ni florituras.

—Pero ¿Quién es? —insistió Víctor nuevamente.

Teresa, que se había agachado para intentar traducir el único grabado que había en aquel trono, se repuso y le miró con ojos resplandecientes.

—La más hermosa. Por la que brilla el sol, Nefertari.

—Es Nefertari, Víctor—. Insistió de nuevo, como si lo necesitara para terminar de creérselo—. Creo que cuando los egipcios hicieron referencia a ella como una mujer especial se quedaron algo cortos. Ya te dije que el pueblo jamás dio credibilidad a su muerte. Para ellos, se había retirado a una vida lejos de toda responsabilidad política. Todo esto, todo lo que se está descubriendo ante nosotros, podría dar sentido y explicación a porqué Ramsés II la tenía en tan alta estima—. La voz de Teresa se mostraba entrecortada, titubeante. El corazón latía a mil por hora y los pensamientos se agolpaban en su mente—. Y si él no era quien ostentaba el poder realmente, ¿Y si dependía de ella a un nivel que nadie ha osado imaginar jamás? Está claro que todo esto no tiene nada que ver con su posición dentro del reinado del faraón, ella era mucho más. Ahora va todo encajando...—no necesitaba que Víctor fuera respondiéndole. A un ritmo frenético hilaba conclusiones recordando cada detalle de la historia, fascinándose cada segundo por los descubrimientos que parecían revelarse ante ella—. El hecho de que su cuerpo jamás se encontrara, los avances en todos los ámbitos que hizo el antiguo Egipto mientras se nombra su presencia en la historia, incluso que la chapa estuviese dentro de su estatuilla… es posible que este pueblo que se está descubriendo ante nosotros sí tuviese la tecnología necesaria en aquella época para realizar todo lo que hemos visto hasta ahora—. Víctor ahogó una leve sonrisa al ser testigo de la forma en que Teresa se atropellaba con sus propias palabras. Siempre que se apasiona por algo le pasa igual, tartamudea y parece atascarse. Por su parte, él estaba allí de pie, sin expresión alguna, sin hablar—. Pero ¿Tú qué opinas? — preguntó al fin Teresa reclamando que se pronunciara al respecto, esperando que se dejase llevar por la emoción de los acontecimientos.

—Estoy pensando que, si este es el final del trayecto, ¿Qué tenemos que hacer ahora? ¿Tanto revuelo por unos cuantos muertos? Nos enviaron a buscar algo más que esto, estoy seguro.

— ¿Unos cuantos muertos? —Teresa se veía claramente ofendida—. Esto es mucho más que unos cuantos muertos, esto es la prueba de que el mundo es posible que no sea lo que pensamos que es. Me vienen a la cabeza innumerables objetos que han sido desacreditados totalmente sin la oportunidad de ser sometidos a más estudios porque su datación era técnicamente imposible.

Los han catalogado como *ooparts* y listo. Esto podría dar veracidad y explicación a la rueda de dientes rusa, la lupa de 4800 años de Egipto, al hierro de *Wolfsegg*, al mecanismo de *Anticitera*, al mapa de *Piri Reis* y tantos otros que han sido descartados por considerarse anacrónicos y, por lo tanto, falsificaciones. Cada vez estoy más convencida de que erramos al dar por supuesto que buscábamos oro. ¿Acaso hay mayor tesoro que la verdad de la humanidad?

—La verdad no enriquece. Es lo único que sé—. Contestó Víctor con su siempre infranqueable apariencia—. Nos movemos por poder y dinero, no por conocimiento. Sé bien de lo que hablo, llevo toda la vida intentando cambiar eso, te aseguro que la gente no quiere conocimiento. ¿He de aceptar que hubo una civilización que llegó a avances mayores de los que tenemos ahora nosotros y que mágicamente fue destruida? No tengo problema, lo acepto. Mi único objetivo es encontrar lo que hemos venido a buscar y regresar a casa con mi amigo y su familia sanos y salvos. Así que te pido por favor que te centres y me ayudes a intentar saber qué hacemos aquí y a dónde debemos ir—. Su semblante era seco y distante.

— ¿Ya está? ¿Esa es toda tu intriga?

— ¿Intriga? ¿Qué ganaría teniéndola? Es como llorar. Nunca nadie ha ganado algo llorando.

Si alguien te ha contado lo contrario, te ha mentido. Y si lo ha logrado de verdad, era algo que no valía la pena. La intriga es igual, ¿De qué sirve la inquietud sin determinación? Tengo inquietud, pero, ante todo, no olvido porqué estoy aquí y a qué estoy dispuesto por seguir adelante. No me dejó llevar por las representaciones como diría Epicteto, no supongo por lo que veo o creo. Ejecuto según es orden de la naturaleza y el albedrio hacer.

Para Teresa esto fue un golpe de realidad terrible. Se había dejado llevar por la emoción, incluso odiaba a Víctor por lo razonable de sus palabras. Pero en realidad, ese no era momento de celebraciones, tocaba seguir trabajando.

—Vale, te conozco lo bastante como para saber que el semblante que tienes quiere decir que algo tienes ya en mente—. Afirmó rindiéndose a la lógica de su razonamiento.

—Fíjate en el cielo, todas las salas que hemos cruzado tenían el mismo, el mismo dibujo exacto que la tumba egipcia de Nefertari. Esta sala, en cambio, si miras el centro sobre nosotros te darás cuenta de que las estrellas rompen abruptamente el patrón. Están formando algo, aunque no reconozco ninguna figura en particular, ¿Y tú?

—Tienes razón, cambian el orden—. Ambos miraron hacia sus pies, a su alrededor y nuevamente hacia el cielo buscando alguna pista sin éxito. —Fíjate. El dibujo que forma el techo coincide con la plataforma en la que estamos. ¿Ves los círculos? El techo no es liso, de hecho, creo que es móvil.

—Ya, pero nos queda un poco lejos ¿No crees? Es en eso precisamente en lo que he estado pensando—. Dijo Víctor mirando con ironía a Teresa.

—Vale, está claro que allí no podemos llegar, entonces, entiendo que debe haber algo aquí abajo que lo haga mover. Voy a probar… —dijo decidida mientras arremetía con todas sus fuerzas contra el gran trono de piedra. Fracasando estrepitosamente en su intento y para divertimento de Víctor que, allí plantado, veía cómo su compañera guiada por su ímpetu habitual intentaba desplazar una roca que pesaba toneladas.

— ¿Se puede saber qué haces?

—Mover esto, seguro que debajo hay algún tipo de palanca.

—Si ya digo yo que la televisión hace mucho daño—. Comentó entre risas—. Ni te lo has mirado, claro, que para eso hay que controlar la impulsividad. Está hundido en el suelo, jamás podremos mover eso, además, es un cliché. ¿Qué será lo siguiente? ¿Aparecerán nazis para arrebatarnos el tesoro? —Víctor no podía contener las carcajadas.

—Pero mira que eres rarito, ahora resulta que esto si le parece gracioso al señor. Me tienes contenta. Entonces, chico listo, ¿Qué hacemos?

—No lo sé, pero me parece llamativo como está situado todo. Tenemos el cambio en el patrón justo encima, el trono, estoy seguro de que, si pudiésemos medirlo esta milimétrico en el centro, con la formación de los soldados en círculo perfecto alrededor de él. Entonces me pregunto qué hemos de hacer con lo que tenemos aquí para mover lo de allí—. Señaló de un lado para otro mientras Teresa le seguía con la mirada, intentando con todas sus fuerzas disimular e ignorar que aquella teoría era más factible que la suya. Al fin y al cabo, también tenía su orgullo, aunque fuese imposible competir con el de Víctor.

—Vale, pero ¿Y ahora qué? —preguntó mientras veía a Víctor inspeccionar los soldados, dar golpes con el pie en el suelo e intentar mover las armas entre otra serie de movimientos fallidos.

—No lo sé. — resopló abatido dejándose caer sobre el frío suelo. Rodeó con sus brazos las rodillas y fijó la vista en el cielo—. Sabes, pocas veces me escucharás quejarme, pero ahora voy a hacerlo, así que imagínate cuánto me duele todo.

— ¿Estás bien? —Teresa se acercó preocupada a él. — Ya te he dicho que la caída había sido muy fuerte, demasiado entero estás.

— ¡Para! —Estalló Víctor de pronto ante el primer paso de Teresa— ¡Retrocede!

— ¿Qué pasa? ¡Qué susto!

—Por favor, retrocede. Vuelve a subir el escalón—. Pidió más calmado.

El pie de Teresa se alzó hasta tocar la primera tarima. Ella, desde su posición, no podía más que ver los ojos de Víctor abiertos de par en par. Y mientras subía el otro pie y depositaba todo su peso en el peldaño anterior, la cara de él se relajaba mostrando una amplia sonrisa.

—Es fantástico—. Aseguró señalando hacia arriba.

Teresa alzó la cabeza para descubrir que todo lo visto hasta ahora quedaba introducido dentro de lo que podría catalogar como banal. Sobre ellos, las estrellas empezaron a moverse como si tuviesen vida. Había que mirar con atención para apreciar el complejo mecanismo que hacía mover cada una de ellas. Los círculos del avanzado engranaje se superponían, intercalaban e intercambiaban a una velocidad fascinante. De pronto, y solo para ellos, el cielo estaba cobrando vida.

Teresa, que se encontraba justo debajo, ante la incertidumbre y el temor por lo inmenso de lo que estaba aconteciendo, no pudo más que saltar y abandonar su posición.

Víctor se puso en pie de un brinco.

—Pero ¿Qué ha pasado? ¿Por qué ha parado? ¿Y por qué no ha pasado nada? Bueno, ahora están en distinta posición, pero no termino de entender para qué se supone que sirve esto—. Dudaba Víctor nervioso apresurándose a reemplazar el puesto que ocupaba Teresa. Tal y como sospechaba, el cielo volvió a moverse—. Pero ¿Qué tipo de funcionamiento es este?

— ¿Esperas que yo te dé una respuesta? —contestó rápidamente pasándole a él la responsabilidad.

—Probemos, Teresa. Sube en otra posición—. Ordenó empujándola con un leve toque de la mano. Al hacerlo, al posar el peso de su cuerpo en otro punto, el mecanismo volvió a detenerse—. Vale, creo que hemos de buscar un patrón. Tenemos la posición del primer escalón. Pero no tengo ni idea de por qué, y dudo mucho que el azar sea un recurso.

— ¡Claro! ¡Pero que burra! — Clamó Teresa como si se le acabara de encender una bombilla—. No es un círculo, es una espiral. Es el cielo, pero no el que vemos nosotros.

— ¿Cómo? No te sigo.

—No es un cielo, son galaxias. Lo que estamos viendo no son círculos, son espirales. Si no estoy equivocada lo que tenemos encima es la vía láctea, donde se encuentra nuestro sistema solar y Andrómeda, la galaxia más cercana.

—Continúa. —rogó Víctor sin entender aún la conclusión.

—No eres el único con inquietudes ¿Sabes? Desde que vi las primeras imágenes tomadas desde el telescopio espacial Hubble se despertó en mí un gran interés por el espacio. ¿Sabías que, si pudiésemos ir en coche a Marte a una velocidad constante de 190 kilómetros hora tardaríamos 134 años en llegar? Es fascinante ¿No crees? Estos grandes telescopios han hecho realidad los viajes en el tiempo. El telescopio espacial Hubble, por ejemplo, puede ver objetos incluso más distantes de lo que pueden ver tus ojos. Eso quiere decir que, cuando toma una foto de algo que está a 100 millones de años luz, lo que estamos viendo es algo de hace 100 millones de años, algo que es posible que ya ni exista, ¿A que es realmente fascinante?

—Si me explicas de qué nos sirve esto ahora quizá me lo parezca. — contestó Víctor, obligado a ser el alumno.

—Vale, vale. Esto es un suponer, pero todo ha empezado a moverse al situarme justo debajo de la vía láctea. Voy a probar una cosa. Necesito que te quedes ahí, ocupando mi primera posición mientras pruebo.

Teresa bajó de la plataforma y Víctor ocupó su lugar. El mecanismo volvió a activarse. — ¡¿Ves?! —exclamó pletórica—. Ahora estás debajo de la vía láctea. ¡Ya veo el patrón! Andrómeda ha desaparecido y ahora se ven claramente los cuatro brazos de nuestra galaxia: escudo-centauro, Perseo, sagitario-Carina y el exterior. Ahora sabremos si mi teoría es correcta. No te muevas...— le ordenó subiendo a la siguiente plataforma, haciendo parar nuevamente el mecanismo inevitablemente al notar su peso.

—No, lo has parado—. Puntualizó Víctor observando desconcertado el proceder de su compañera.

—Espera un poco, Don impaciente...—le reprendió ella sin apartar la vista del techo. — Creo que es aquí.

De pronto, todo volvió a moverse, esta vez con un patrón de movimiento totalmente diferente, mucho más nítido, comprensible hasta para Víctor que, hasta entonces, no sabía qué estaban haciendo.

— ¡Muy bien! ¿Qué has hecho? —preguntó con sincera curiosidad a Teresa.

—Me he situado debajo del brazo de Sagitario, que es donde se encuentra nuestro sistema solar. Eso sí lo reconoces ¿Verdad?

—Sí, sí, por supuesto... No me hagas un examen porque suspenderé, pero eso es el sol, y el resto de los planetas girando a su alrededor. Pero ¿Ahora qué?

—Es un mapa. Nos está enseñando el universo y llevándonos a casa. Así que, teniendo en cuenta que la tierra ocupa el tercer lugar en proximidad al sol, ahora tú has de avanzar y ocupar la posición justo debajo de su órbita.

Víctor que notaba como el entusiasmo comenzaba a dominar su cuerpo, ocupó obediente su lugar.

En aquel momento, la figura del techo que cada vez se había mostrado más nítida apareció con gran claridad. Sobre ellos, nuestro hermoso planeta dibujado de un modo extraordinario. El azul lapislázuli del fondo del techo se había separado mágicamente de las estrellas, haciendo fácilmente perceptible los continentes de la parte ocupada por el agua.

—Casi no quiero que esto termine...— murmuro Víctor. —Pero, debo preguntar, ¿Cuál es el siguiente paso?

—Pues creo que me toca acompañar a nuestra reina en el trono. —explicó Teresa pasando entre la última fila de soldados y situándose junto a Nefertari.

En ese instante, todo empezó a girar más y más rápido. Las formas eran totalmente abstractas. Las paredes, el suelo, todo empezó a vibrar y, sin dar tiempo a más conjeturas, sobre el trono se comenzó a apreciar un espacio abierto que cada vez se hacía más grande. Repentinamente, algo minúsculo, salió del orificio depositándose sobre la falda de Nefertari.

Teresa miró el objeto casi con desprecio mientras Víctor se apresuraba a llegar a su lado.

— ¿Qué es?

Teresa, con mucho cuidado, extendió la mano y tomó el pequeño objeto entre sus manos, posándolo sobre la palma y elevándolo ante sus miradas interrogantes.

— ¿Una canica?

— ¿Como que una canica? —Víctor extendió la mano con incredulidad, pidiendo a Teresa que se lo dejara ver más de cerca. Sujetando la esfera entre el dedo índice y el pulgar, un objeto redondo y metálico parecía reírse de él—. Pues sí, parece una canica. ¿Qué diablos tenemos que hacer con esto? — Por un segundo pareciera que iba a perder los nervios, pero algo captó su atención—. Espera, qué curioso…

— ¿El qué?

—Vibra—. Afirmó con contundencia.

— ¿Como que vibra? —aquello parecía ser más insólito a cada descubrimiento.

—Sí, mira, sujétala—. Víctor entregó la pequeña canica a su compañera y esperó unos segundos.

—Yo no noto nada—. Contestó rápidamente haciendo dudar a Víctor de si estaba perdiendo la cabeza por el golpe.

—Pues yo noto que vibra. — La cogió de nuevo para cerciorarse—. Ahora más que antes.

Teresa le observaba con atención, Víctor, en total silencio y absorto en sus sensaciones, iba bajando cada uno de los escalones en dirección hacia la salida de la sala. Dentro de su mano fuertemente cerrada, seguía escondida la canica.

— ¿Qué haces? —preguntó Teresa mientras veía a su acompañante salir de la sala.

—Me está guiando creo, vibra con más intensidad dependiendo de hacia donde apunta mi mano, confía en mi por favor y no te alejes susurro Víctor. Y ¿ahora hacia dónde? preguntó Teresa subiendo el último peldaño, sintiéndose agradecida al ver de nuevo la vegetación. Sigue vibrando – contestó Víctor mientras comprendía que la opción más inteligente era subir en el coche. Subamos y veamos si sabe hacia dónde nos lleva—. Teresa arqueó las cejas pensando que aquello no podía ser verdad, pero el instinto la animó a confiar y aunque dubitativa se puso al volante sin protestar. -Tú dirás Víctor- dijo teresa dando paso a Víctor a iniciar las indicaciones.

Sin duda aquello era lo que suele llamarse un "salto de fe". En el más abrumador silencio, respetando la concentración de su guía, Teresa miraba a Víctor sin saber el destino. En realidad, ninguno lo sabía.

Hora y media después. Teresa comenzaba a preocuparse cuando sin aviso escucho la voz de su pasajero.

—Ya estamos llegando—. Aseguró Víctor como si le acabara de leer el pensamiento.

El trayecto había resultado incluso incómodo para Teresa. Algo Inquietaba a Víctor en exceso, tanto que era incapaz de esconder que ella era una de las causas de su descontento. Y eso que él es mas de ocultar que de mostrar, pero por su gesto, parecía bastante preocupado y dolorido. Aunque estaba claro que no iba a permitir que esa situación terminara por sobrepasarle. Y ella estaba dispuesta a ofrecer lo mismo, Teresa se había dedicado a seguir las instrucciones sin poner en duda a su compañero, a estas alturas, lo que tenía depositado en él, superaba incluso el concepto de confianza.

Al fin le dio la última indicación, - gira a la izquierda dijo Víctor con decisión. Y ella se detuvo en un punto en el que ya no había salida. Ambos, estaban convencidos de estar donde debían, no albergaban dudas, aquel era el lugar.

Se encontraban frente a la entrada de una gran casa. El forjado de la puerta era como la portada que anuncia el interior de un libro, cada hierro entrelazado no hacía más que participar en el conjunto de uno, dando lugar a una gran colmena, haciendo que Víctor entendiese perfectamente que ese y no otro, era el destino marcado. Aún no sabía por qué ese símbolo les había acompañado toda la aventura, pero estaba a punto de descubrirlo.

— ¿Seguro que es aquí? —preguntó Teresa sin lograr ver lo que él veía.

—Nos están esperando, lo apropiado es llamar ¿No crees? —dijo Víctor mirándola fijamente a los ojos y mostrando gran confianza.

Teresa extendió el brazo a través de la ventanilla alcanzando el timbre. No pasaron ni cinco segundos y la gran puerta empezó a abrirse invitándoles a entrar. El tiempo parecía volar y desvanecerse ante los ojos de Víctor que analizaba todo cuanto se descubría ante él, sin perder la concentración, luchando por poder ofrecer lo mejor de sí mismo en un momento tan determinante. Tenía la plena convicción de que la situación lo requeriría. Nada podía distraerle.

Abrió la puerta del coche sin problemas, pero, al intentar mover sus piernas para bajar de él, notó un dolor punzante en su extremidad izquierda que reclamaba su atención. No se había ni percatado de esa herida, ni del gran roto del pantalón. Sin quejas ni lamentos, salió del coche.

Bajo la puerta de la entrada, un hombre uniformado aguardaba de pie mientras Víctor intentaba disimular su cojera. No estaba dispuesto a mostrar ningún tipo de debilidad.

—Hola, síganme por favor—. Invitó con amabilidad a los dos visitantes.

Víctor seguía a aquel extraño mientras notaba su mano zumbar cada vez con mayor intensidad. Atravesaban estancias que apenas mostraban un ápice de vida. No había un cuadro, una escultura ni una silla tan siquiera. Lo único que había era la nada "¿Quién debe vivir aquí?" se preguntaba en silencio. Sin ningún tipo de estímulo para sus demás sentidos, y con sus oídos agudizados, resultaba estridente. El *clic-clac* de los zapatos del guía, la bola zumbando en su mano y, tras él, el rechinar de los dientes de una inquieta Teresa, todo se volvía más intenso que nunca.

Al fin, la última estancia. Parecían haber llegado al final del periplo. Aquel hombre que los había acompañado educada y silenciosamente se detuvo unos segundos ante la puerta añadiendo más dramatismo si cabía a la situación. Tras la espera, se dispuso a abrir el portón permitiéndoles vislumbrar por fin la gran sala.

—Pase, por favor—. Con un gesto de la mano, animó a Víctor a adentrarse mientras él permanecía en el umbral, dejando claro que su presencia no era lo bastante digna ni para posar un solo pie en ella —. Hace mucho que le aguarda.

Decidido a poner fin a todo aquello, no dudó y, con paso firme, se adentró dispuesto a descubrir la verdad. Sentirse indefenso era inevitable, mostrarlo era solo una opción.

Allí se encontraba él, desgarbado, cansado y herido. Mientras, cientos de ojos se posaban única y exclusivamente sobre él. ¿Quién era aquella gente? Sentados a la mesa, aguardándole con paciencia, había más de ochenta personas. Todos le miraban fijamente en un atronador silencio.

Aquella sala no era más que una continuación de la casa, la sobriedad reinaba en ella, si bien también le faltaba vida. La mesa que ocupaba el centro era excesivamente grande, tan excesiva como la quietud de sus ocupantes. Centró su atención en las tres sillas que restaban vacías.

Víctor, totalmente desconcertado, luchaba por ocultar su nerviosismo, intentando adivinar qué estaba pasando antes de que la situación terminase por sobrepasarle. Teresa le alcanzó el paso y, colocándose junto a él, le dirigió una última e intensa mirada.

—Ha sido un placer, Víctor. Se que harás lo correcto—. Los ojos de él no podían esconder la pena que sentía y, sin previa reflexión, se animó a responder— Tenías que ser tú quien me acompañara al matadero. No necesito que te disculpes...— prosiguió mientras apartaba la vista de quien había sido su fiel compañera.

Acto seguido y sin mediar más palabra, Teresa se dirigió a ocupar su lugar en la gran mesa. Únicamente dos sillas restaban vacías.

—No estés preocupado, querido Víctor, sería un gran pesar para mí no poder disfrutar de tu compañía después de tan larga espera. Al fin y al cabo, ¿Dónde vas a estar mejor que con los tuyos? —del fondo de la sala emergió una mujer de estatura media. Su pelo, aunque rubio, no se apreciaba bien debido a la escasa iluminación de la sala, al igual que sus ojos, aunque cuanto más se aproximaba, más evidente resultaba que eran claros. Su piel pálida le otorgaba apariencia nórdica, le resultaba tremendamente familiar, pero no lograba ubicarla. Su presencia hacía enmudecer a la misma calma. Su seguridad y temple lidiaban en total disputa con su juventud. Algo en el tono de su voz le resultaba familiar, ayudándole a destensar su firme figura. Su sola presencia era la prueba de que el resto de los presentes tenía vida.

Al hacer su aparición, descubriéndose de entre las sombras, todos se pusieron en pie.

—Por favor, sentaos—. Rogó con voz delicada—. Es un chico listo, pero aun así está desconcertado. Dejemos estas formalidades para otra ocasión. Qué corte más feo tienes en la cabeza—. Arrugó el ceño contemplando el aspecto que mostraba el desvalido Víctor—. Te pido disculpas, jamás sería mi intención hacerte daño. Espero que entiendas que el derrumbe no ha sido algo previsto.

— ¿Esto qué es? —preguntó conocedor de que, en su postura, no se hallaba el privilegio de exigir, pero tampoco estaba en su naturaleza la posibilidad de doblegarse fácilmente.

—Llevo dos días padeciendo por ti—. Con descaro, la mujer ignoró su pregunta. — Temía que el conocimiento de la implicación de Teresa en todo esto te hiciera perder la perspectiva. Pero veo que has cumplido con creces, no esperaba menos. Estoy tan orgullosa. Para deleite mío, contesta por favor. ¿Cuándo supiste que Teresa formaba parte de todo esto? —preguntó tirando del hilo, queriendo que Víctor se abriese a la verdad que había querido disimular.

—Cuando apareció en mi casa, por supuesto. —Respondió muy ofendido ante la duda—. Me he visto obligado a dejarme llevar y no ha sido nada fácil. Pero sopesé mis opciones y, después de ver cómo iniciaba todo con Ricardo, comprendí que no había otro modo, la necesitaba. No había que ser muy avispado para entender que ya estaba todo iniciado. Para qué pelear con lo irremediable. —se encogió de hombros en gesto de rendición. — Y ahora, te ruego me respondas para que sepamos todos qué es lo que hacemos aquí y a qué se debe toda esta teatralidad—.

Víctor no esperaba adulaciones ni estaba dispuesto a ofrecer cordialidad.

— ¿Tú qué crees que es?

—Una secta, aunque no termino de saber qué hago yo aquí.

— ¿Una secta? —Rio la joven aceptando de buena gana la burla. —Vamos, les he hablado a todos muy bien de ti, no seas tan simple. Todo lo que te hemos mostrado estos días ha requerido un gran trabajo organizativo, por no hablar del extraordinario trabajo de Teresa. No es fácil de asimilar y sé que no quieres, pero ha llegado el momento de hacerlo y lo sabes. Estamos aquí para explicarte cuanto quieras.

—No, estoy aquí por mi amigo y su familia. — rebatió firmemente Víctor.

—Están muertos, por supuesto. ¿Pensabas que los reteníamos para algo? Acepto mi parte de culpa. La verdad es que poder prescindir de él nos vino bien para utilizarlo como reclamo y hacerte llegar hasta nosotros. Al fin y al cabo, ha sido Eduardo quien te ha estado preparando para esto.

El semblante de Víctor se partió en dos. Sus sospechas habían sido confirmadas con una frialdad que hacía la situación aún más difícil de asimilar.

—No estés triste—. Intentó consolarle menospreciando por completo su dolor. —Hoy no es el fin de nada, es el principio de todo. Eres pleno defensor de que cada quien ha de ser consecuente con sus actos y su suerte. Eduardo ha respondido por sus actos, nada más.

Víctor no salía de su asombro. Aquella mujer hablaba del asesinato de una familia sin cambiar una sola nota del tono de voz.

—Pero...—balbuceó temiendo hacer preguntas cuyas respuestas no quería. — ¿Y los niños?

—Tampoco eran útiles. Ciñámonos a lo importante, Víctor, por favor.

—Pero ¿Qué o quién diantres sois? — preguntó haciendo gran esfuerzo por mantener la calma.

—Somos tú. Somos el principio de todo. Todo el recorrido que has hecho no ha sido más que mero trámite para hacerte esto más fácil. No existen los viajes en el tiempo ni civilizaciones avanzadas que fueran mágicamente destruidas, aunque a esa conclusión habías llegado tu solo. Es más fácil que eso. La raza humana es una subespecie de la mía. El mundo en el que vives, el que se te ha mostrado, no es más que una minúscula parte del ecosistema. Este planeta y sus formas de vida nos pertenecen, al igual que la vida del resto del universo. Sin nosotros no existiríais. Vimos este planeta cuando no era más que un trozo de piedra joven y, como es nuestro deber, observamos sus características y decidimos que era apropiado para la proliferación de vida e hicimos lo mismo que con el resto, depositar el gen de la vida. —con elegancia, la mujer se paseaba delicadamente alrededor de la mesa, sin dejar de afilar su mirada sobre un hierático Víctor. —El gen que depositamos en todos los planetas y del que esperamos resultados. Cada planeta, cada civilización, crece con unas connotaciones diferentes al resto y, por lo tanto, necesita diferentes directrices. ¿Quiénes somos? Soy tu reina, hija de la anterior reina Nefertari, y aquí están mis zánganos, tus iguales—. Señaló a los circunspectos componentes de la mesa. — Cada uno de ellos me obedece. Su sumisión necesaria, llevamos desde la existencia de esta raza guiando a las obreras, trabajando juntos.

— ¿Zánganos? ¿Obreras? —Víctor miró a todos esperando algún tipo de movimiento o reacción por su parte. No sabía si aquello era ficción, realidad o una broma de mal gusto.

—Sí, de ahí la colmena. Sé que no resulta original, pero el funcionamiento de las abejas nos resultó tan semejante al nuestro que adoptamos ese símbolo para este planeta, es nuestro emblema distintivo del resto de comunidades.

Víctor estaba tan nervioso que no podía contener la risa.

—Entonces, debo creer que existen los extraterrestres porque tú me lo dices y, por si no fuera poco, resulta que tú eres una, aquí, frente a mí. — reprendió en tono jocoso señalándola.

—No has de creer. Lo sabes y lo has visto. Pensaban que la tierra era plana, y aún piensan que son los amos del universo. En el momento en que Eduardo abandonó su puesto, la naturaleza siguió su curso reclamándote para tus funciones. No somos extraterrestres, simplemente el universo es nuestro ecosistema y la tierra no es más que una colonia.

— ¿Funciones? —era demasiada información para procesarla correctamente.

—Lo único que se espera de ti es que ocupes tu lugar. La silla de Eduardo es tuya desde que tuve que prescindir de él.

— ¿Esperas que yo forme parte de esto? He visto lo que hizo tu madre con miles de hombres, lo que habéis hecho fríamente con una familia entera… ¿Y esperas que yo quiera formar parte de algo que se refiere a todas las personas de un planeta como obreras? Serás de una civilización antigua, pero de mí no sabes nada. Fue Séneca quien dijo: *la virtud la encontraremos cubierta de polvo, robusta y con las manos llenas de callos. Al placer lo verás casi siempre escondido y buscando la oscuridad, merodeando por los baños y por lugares que temen la justicia.* Yo añadiría con escasa luz, y aquí veo poca—. Sentenció orgulloso y esquivo.

— ¿Lo que hicimos con miles de hombres? Fue su decisión, obedecieron a su naturaleza. El zumbido te ha traído aquí ¿Verdad? —Víctor miró la bola que aún seguía en su mano. —Ese objeto, llamado *Kalel*, únicamente responde en la mano de un zángano cuando es reclamado por su reina. ¿Podrías negar tener hambre o sed? No intentes renegar de tu naturaleza ni de tus principios, de hecho, ¿No dicen los estoicos que atenerse a la naturaleza de las cosas es la sabiduría? En qué lugar te dejaría a ti negar la tuya. Además, me parece que nadie merece ser más juzgado y castigado que el ser humano. No les importa la muerte o la pobreza más que cuando están a sus puertas. A diario mueren de hambre, enfermedades y a nadie le importa mientras no afecte a su bienestar. Regiones enteras viven esclavizadas y en guerras continuas para que un tercio posea cosas que no son vitales, que no son necesarias para su existencia. Pero hoy, el que ha muerto es tu amigo y eso supone un problema. No seas tan hipócrita, por favor.

—No sigas por ahí. — advirtió Víctor. —Una guerra únicamente se inicia cuando afectas al orgullo de ambas partes. Te aseguro que no estoy abierto a debate.

— ¿Debate? ¿De veras quieres medirte con alguien que tiene lo que para vosotros son siglos de vida?

163

—No intento medirme con nadie. Me reafirmo en mi postura de que las malas acciones de muchos no son pretexto ni tan siquiera para la mala acción de uno.

— ¡Ya basta! —Ordenó la reina agudizando la voz. — Me ofendes a mí y a toda una raza.

—Muy bien, pues deja a un lado tanta floritura y dime de una vez qué hago yo aquí. ¿Qué paso con Eduardo? ¿Por qué ya no era necesario y yo sí?

—Muy bien. Todos cuantos ves en esta sala son los encargados de manejar el planeta. Cada uno de ellos es responsable de un área primordial para el control de la especie. Son responsables directos del buen hacer de las obreras. Se las ha de mantener entretenidas para que sean productivas, para equilibrarlas con distracciones y evitar el mayor de todos los males, que es que se destruyan. Nos encargamos de ellas desde la educación temprana guiándolas para que sean, crean y hagan lo que necesitamos. Con Eduardo nació un conflicto de intereses. Cuando se le expuso la irremediable decisión de abandonar este planeta y continuar con la vida que está lista para nosotros en el siguiente, amenazó con delatarnos, hacerlo todo público y dejar que cundiese el caos en una especie que no sabe reaccionar ante la incertidumbre más que devastándose. Nos acusó de genocidas.

— ¿Abandonar el planeta?

—Sí, Víctor. Este planeta, como todos saben, se muere. Lo han consumido e irremediablemente está sentenciado.

—No lo entiendo. Si manejáis el mundo y a su población ¿Por qué no les enseñáis a cuidarlo? ¿Por qué no peleáis por salvarlos?

— ¿Intentarlo más? ¿Acaso algo de esto es un secreto? Esta especie es fallida. ¿Acaso no saben que el planeta se muere? Claro que sí. Pero no les importa, no ven más allá de sí mismos y eso hace débil a una especie. Sin unión, sin valores comunes y sin lo más importante, preservar su propio ecosistema. Se han vuelto tan inútiles que no saben ni quieren educar a sus crías. Las sumergen en cuanto pueden en nuestro sistema cuantas más horas mejor, mientras invierten su tiempo en conseguir más propiedades y ahí entramos nosotros, haciendo lo único que podemos con ellos, convertirlas en obreras lo más eficientes posibles. Para ello, únicamente hemos de darles una razón de ser y mantenerlos ocupados. Haciéndoles creer al igual que a sus padres que algún día podrán ser más de lo que son si trabajan lo suficiente, cuando en realidad, el poder sólo puede ser alcanzado por quien decidimos nosotros.

—Cuánta prepotencia en tus palabras. El ser humano no es así, le hacéis ser así y tienes la desfachatez de culparles para poder justificar una marcha digna sobre las bases de un exterminio. Da hambre, y ganaras agudeza, humildad y sabiduría. Da vanidad y obtendrás hambre. Por tu vanidad pagaremos todos. Establece unas bases diferentes, redirígelos, sólo están mal educados. — Víctor luchaba por darle un mejor final a aquella historia que parecía agotarse a trepidante velocidad.

—Por favor, Víctor. ¿Sabes con cuántos de los presentes tuve está discusión? Con ninguno. Únicamente tuve que ofrecerles poder y vendieron a sus semejantes, no se dignaron ni a preguntar. —la mujer le miraba con cierto desprecio, casi con pereza. —Tu apreciado Séneca, de quien eres tan admirador, era el mayor de los hipócritas, se jactó enseñando el valor de la humildad mientras vivía deleitado en nobleza y placeres. Tú mismo llevas toda tu vida intentando hacerles pensar sin éxito. La verdad, me sorprende que te escandalice tanto. Al fin y al cabo, son responsables del exterminio de millones de especies por su interés. ¿Acaso ellos son diferentes? ¿Por qué? ¿Por qué hablan? Ahora ya no hacen ni eso. Empiezan a no ser ni productivos, malgastan su tiempo con tecnología barata y se hunden en la miseria si les haces dueños de su tiempo. Ahora, contesta a una pregunta y, por favor, que todos te escuchen. —caminó al centro de la sala, acercándose un poco más y cruzándose de brazos en espera de la respuesta que buscaba, como quien se sabe un ser superior, como quien sabe que tiene la razón. — Cuando aquel coche te atropelló, cuando estabas en el suelo sin conocimiento del alcance de tus heridas y Sara yacía muerta. ¿Qué fue lo que escuchaste? Eduardo me lo contó, y creo que tú no has sido capaz de volver a verbalizarlo.

— ¡Ya basta! —Susurró Víctor notando cómo se le humedecían los ojos. — No sé qué tiene que ver eso, a nadie le interesa.

—Contesta, estas defendiéndolos a capa y espada porque aceptar la realidad es doloroso incluso para ti. ¡Contesta! ¿Qué dijeron los ocupantes del coche causantes del accidente, dando ejemplo al niño que llevaban en el coche asegurando así un espécimen de sus mismas características?

El semblante de Víctor era tan triste que resultaba aterrador ver a alguien como él tan afectado. La realidad era que todo cuanto intentaba rebatir lo compartía, de hecho, si él estuviese en la parte contraria tendría incluso más argumentos.

Pero resulta evidente que no es lo mismo pensar que sentenciar. Quizá es lo único que realmente le separaba de aquella mujer.

Dejó clavada la vista en el suelo durante unos segundos. Removiéndose los recuerdos, la conciencia y el pensamiento, desenredando ese lío de realidades y verdades en las que se movía desde hacía semanas.

Finalmente, sacudiéndose la confusión, alzó la cabeza lentamente y dirigió sus ojos hacia los de la reina. Sin esquivos, sin sumisión ni nervios, con una sorprendente e inquietante calma.

—Preguntaron si tardarían mucho en retirarnos, tenían pensado pasar el día en la playa y les habíamos retrasado. Por lo visto, eran personas muy influyentes y ni aquel día, ni ningún otro, han rendido cuentas. —Dijo Víctor mientras peleaba por no desquebrajarse ante la dureza de su confesión, ante las palabras que daban la razón a su interlocutora.

—Tuvo que ser terrible... De verás que lo siento. A ti no te ofrezco aquello que sé que no deseas. No te ofrezco poder, te ofrezco la sabiduría de millones de pueblos a cambio de que me ayudes a sentar las bases en un nuevo mundo. Ayúdame a crear una especie digna de vida. Sabes que, si les diéramos a elegir, no habría ninguno que se sacrificase por toda la especie. ¿Lo harás tú?

— ¿Ahora me amenazas?

—No. Te expongo la realidad como a ti tanto te gusta. Así que dime, querido Víctor. ¿Qué vas a hacer?

Printed in Great Britain
by Amazon